KB142272

나는 아직
너와 헤어지는
법을 모른다

나는 아직
너와 헤어지는
법을 모른다

오휘명 글

김혜리 그림

 쌤앤파커스

프롤로그

가끔은 귤을 까서 먹으며 '너무하다 싶을 정도로 눈이 펑 펑 내리는 걸 본 게 언제였더라?' 하고 생각한다. 요 몇 번의 겨울을 나면서는 그저 찔끔찔끔 날리는 눈발들을 봤던 게 전 부인 것 같아서. 사람이 감당해낼 수 없을 만큼 많은 눈이 내 리고 나면, 그 감당 못 해 넘쳐난 만큼의 눈들은 고스란히 빙 판길이 됐다. 그 위를 조심조심 걸었던 게, 몇 번쯤 넘어지고 다쳤던 게 오래전의 추억들처럼 희미해졌다. 그땐 참 짜증도 나고 아팠는데.

어쩌면 겨울의 강수량은 그대로인데 나라는 사람의 걷는 방식이 조금 더 성숙해져서, 눈송이를 바라볼 수 있는 여유 는 줄어들어서 그렇게 느끼는 걸까.

이별을 '당한' 적이 있다. 여기서 단순히 이별을 했다고 말 하지 않는 점, 또 작은따옴표까지 붙여가며 당했음을 강조하 는 것은, 그만큼이나 당시의 이별이 내겐 억울하고 고통스러

왔기 때문이다. 그때의 이별은 분명 한 사람의 웃는 얼굴에 침을 뱉고 심장을 파내어 저기 4차선 도로 어디쯤에 내던져버리는 일이었다. 정말 고통스러운 시간이었다. 나는 며칠이 지나도 스쳐 지나가는 모든 이들의 얼굴에서 그 사람을 찾고 있었고, 그 사실에 절망해 집 밖을 나가지 않게 되었다. 하루에 아홉 번은 정말 추운 겨울이구나, 읊조릴 수밖에 없었다. 나는 그렇게 이별을 당했다.

잡힌 물고기는 파닥거릴 수밖에 없고 4월 말의 벚꽃은 낙하할 수밖에 없듯이, 나는 아파서 어쩔 수 없이 글을 써야만 했다. 쓰는 동안만큼은 진통제를 먹은 것처럼, 피가 울컥거리는 상처 위에 일회용 밴드를 붙인 것처럼 드문드문 괜찮았다.

그렇게 일 년이 지났다. 많은 일이 있었고 나는 차츰 그 사람과의 이별에서 벗어나고 있었다. 실수로 그 사람이 내 SNS 계정을 팔로우했다가 바로 취소한 것을 실시간으로 목격했을 때는 생각했던 것보다 아무렇지 않았다. 그래, 참 슬프고 억

울하고 개 같았지만, 이별을 당하고 어느새 꾸역꾸역 일 년이 지나버린 거다.

물론 내가 이만큼 괜찮아졌다고 해서 그 사람을 만났던 게, 그 사람으로부터 상처를 받았던 게 없던 일이 되는 것은 절대 아니다. 새로 지은 건물에 몇 명의 세입자가 들어왔다 나가는 동안, 그들이 박았던 못이나 뚫었던 구멍은 누군가가 있었음을 증명한다. 처음 건물을 지었을 때처럼 말끔해지는 건 불가능하다. 그건 사람도 마찬가지라서 지나간 사람이 준 선물이나 상처의 색깔에 따라 그 사람은 조금 더 아름다운 사람이 되기도, 미운 사람으로 남기도 한다. 나는 안타깝게도 후자의 경우였던 건지, 아무리 좋은 사람이라도 믿지 못하고 의심해버리는 고약한 체질을 지니게 됐다.

내가 언젠가 연재를 통해 쓴 글에는 이런 구절이 있다.

'어떤 사람의 얼굴에는 흉터가 있었다. 그는 어릴 적 지독한 홍역을 앓았고, 그때 생긴 손톱자국이라고 대답했다. 몇몇 일들은 그런 방식으로 기록된다. 전쟁을 겪은 세대의 눈동자에 알 수 없는 허무가 깃든 것처럼. 나의 얼굴엔 없음이 있다. 미아가 미아가 되고 시간이 흘러 거리에 익숙해진 것처럼, 울음을 그친 것처럼, 어떤 당황도 다급함도 남지 않았다. 비린내 나는 물을 쏟고 나면 빈 잔이 남는다. 물은 어딘가로 가버렸지만 잔만은 남는다는 것이다. 없음은 그런 식으로 존재한다. 그런 식으로 너는 나를 미아로 만들었고 없음이라는 사탕 하나를 먹여주었다.'

그 사람과의 시간, 그 사람이 준 담배꽁초 같은 상처와 비릿한 각질 같은 것들은 내 안 깊숙이 가라앉았고 나는 시골 마을의 관리해주는 사람 하나 없는 하수구였다. 잘만 지내다가도 장마철 같은 시기만 오면 가라앉은 것들이 울컥울컥 올라와 나를 괴롭혔다. 스쳐가는 사람들은 어쩐지 나를 보며 인상을 찌푸리는 것 같았다.

하지만 정말로 다행인 일은, 내가 여러모로 겨울을 조금 더 잘 감당해내게 되었다는 것이다. 사랑 앞에서 24시간 내내 발을 동동대야만 했던 소년은 어른이 됐다. 무릎이나 손바

닥쯤에 흉터들을 얻기도 했지만, 어쨌건 이전보다 의연해지고 단단해졌다. 얼마나 고마운 일인지 모른다.

그러니까 결과적으로 이 책은 떠나간 사람에게 돌아와달라고 애원하기보단 나 자신에게 더 나아지자, 더 나아지자 다독여주려 쓴 책이 됐다. 또 더 나은 사람이 되어 더 나은 사랑을 주려 쓴 책이 됐다. 이 책은 그렇게 쓰여 온 책이다.

이 책을 외로운 사람, 사랑하고 있는 사람, 이별했거나 누군가를 그리워하는 사람, 마지막으로 다시 사랑을 꿈꾸는 사람들에게 바친다.

읽는 이들의 사랑은 안녕하길. 나를 떠난 이들과 그들의 사랑마저 안녕하길 빈다.

"외로워서 사랑했고 이별해서 그리웠다.

다시 사랑을 꿈꾼다."

차례

1 외로워서

2 사랑했고

3 이별해서

4 그리웠다

5 _ 다시 사랑을 꿈꾼다

1

외 로 워 서

홀로 여행을 떠나다

여행 애호가들과는 거리가 멀었다. 나는 몇 달에 한 번씩 어딜 꼭 다녀오는 사람들을 부러워하면서도 그들을 좀처럼 이해할 수 없었다. 여행은 그저 집에서 먼 곳으로 떠나, 집이 아닌 곳에서 자고 집에서 먹던 것이 아닌 것을 먹는 데에 십수만 원에서 많게는 몇백만 원을 소비하는, 그야말로 비효율적인 짓이라고 생각했으니까. 부러움은 그런 생계 외 부수적 활동에 그만큼의 돈을 쓸 수 있다는 사실에 대한 것이었고 이해하지 못함은 바로 그 비효율성 때문이었다.

하지만 내게도 떠나야만 살 것 같을 때가 있었다. 세 군데의 출판사에 보낼 원고가 각각 세 가지 있었고, 원고 외에도 연재와 강의를 겸하고 있을 때였다. 아마 7월의 가장 더운 때쯤이었겠다. 그해 여름 나는 여느 때처럼 바빴고 태어나 처음 쓰러져보기도 했다. 정신을 차렸을 때 팔에는 수액이 꽂혀 있었고 의사는 내게 과로라고 했다. 조금 쉴 법도 했지만, 그럼에도 원고 일정을 미루거나 하는 일은 없었다.

우리 집 식기세척기는 설거지를 끝내면 휴식에 들어가고,

뜨겁게 달아올랐던 열은 서서히 사그라졌다. 나 역시 그랬다. 글을 쓰지 않고 그저 바보처럼 멈춰 쉬고 있으면 괜찮아지곤 했다. 나는 이번의 힘듦도 그런 식으로 지나갈 것이라 생각했고, 원고 일정을 미루지 않았다. 그렇게 바쁜 것들을 마치고 나니 순탄한 날들이 이어졌지만, 나는 이상함을 느꼈다. 어느 한 곳에 구멍이 난 것처럼 사는 것에 신물이 났고 의욕을 끌어올리기가 버거웠다. 밥을 먹어도 그 '구멍'으로 밥이 삐져나가기라도 하는 것처럼 나는 이물감을 느꼈다. 그때 느낀 거다. 떠나야만 살 것 같다고.

떠나봤자 집에서 멀지 않은 오이도였다. 여행이라는 걸, 심지어 그 생소한 걸 홀로 떠나는 건 참 어려운 일이었기 때문에. 횟집 거리에는 수도권과의 접근성 때문에 간단히 칼국수나 회를 먹으러 온 연인과 중년 부부들이 많았다. 나는 그곳을 가로질러 4층짜리 민박집 건물로 향했다. 왜 거기였냐 하면 딱히 이유는 없었다. '민박'이라는 글자가 가장 컸기 때문에, 뭔가를 따지고 자시고 할 여력이 그때의 내겐 없었기 때문이었을까. 정말로 혼자 오신 거냐고 세 번 네 번을 묻는 민박집 사장님을 뒤로하고 방에 들어가 짐을 풀었다. 소독약 냄새 같은 게 났고 이불은 누랬지만 창밖으로 가깝게 보이는 서해가 그 모든 걸 덮고도 남을 정도로 넓고 파래서 나는 그곳이 마음에 들었다. 낮부터 술이 생각났다. 밤에는 회를 사다 먹어도 좋겠다고 생각했다.

바다를 향해 놓인 벤치에 앉아, 정신없이 낙조를 보고 나니 어느덧 저녁이었다. 나는 지갑을 챙겨 이번에도 '회'라는 글씨가 간판에 가장 크게 새겨진 횟집에 들어가 광어를 포장해 달라 말했다.

"그런데 포장을 하시고 그래, 드시고 가시지 않고?"

흥정과 호객이 하루에도 수백 번은 오가는 우악스러운 세계, 거기서 왔을 아주머니의 과한 넉살이었다. 아닌 게 아니라 그 어깨너머 실내에선 벌써 많은 사람이 즐거운 시간을 보내고 있었다. 내 또래로 보이는 젊은이들도 여럿 있었는데 다들 친구들, 연인들끼리 온 듯싶었다. 나는 혼자 왔다고, 그래서 방에서 먹을 거라고 말하는 게 왠지 모르게 머쓱해, 함께 온 애인이 아파서 숙소에 있다고 에둘렀다. 왜 하필 애인이 아프다고 했는지는 아직도 알 수 없다. 애인과 맛있게 드시라는 말과 함께 받아 온 광어회를 소주와 함께 홀로 먹었다. 홀로 먹는 술은 늘 빨리 취했다.

밤에는 밤바다를 따라 걸었다. 여전히 사랑하는 사람들이 많았고 그들이 쏘아 올린 불꽃이 초라하지만 분명한 형태로 퐁퐁 터지고 있었다. 난데없이 외롭다고 생각했다. 정말로 혼자 왔냐는 민박집 사장님 때문도, 과한 오지랖으로 없는 애인을 걱정해준 횟집 아주머니 때문도 아니었다. 몸과 마음이라는 게, 기계처럼 가끔 쉬어주는 것만으론 굴러가지 않는다는 걸 알았기 때문에, 그래서 나는 지금껏 그렇게나 외로웠던 거구나 하고 깨달았기 때문에.

외로움을 이기는 방법

이 세상을 사는 사람들에게는 각각 할당된 외로움이 있다고 생각한다. 다만 그 양이 어느 정도인지, 또 그걸 거뜬히 이겨낼 수 있는지 없는지는 별개의 문제이지만.

하루는 내게 할당된 외로움을 견딜 수 없어, 아무나 붙잡고 '외로움을 이기는 방법'을 물어본 적이 있다. 사람들의 대답은 참 각양각색이었다. 누군가는 자다 깨다를 반복한다고 말했다. 어디선가 들은 적이 있다. 사람이 너무 우울하거나 스트레스를 받으면, 뇌는 자동적으로 잠을 많이 자게끔 명령을 내린다고.

또 다른 누군가는 몇 시간이고 걷는다고 했다. 북극 지방의 에스키모들은 화가 날 때면 최대한 먼 곳까지 걸어갔다 온다고 한다. 그곳에 그 화를 놓고 오면, 돌아오는 길에 어느새 그 분노를 잊게 된다고. 그 사람은 외로움 역시 비슷하게 다룰 수 있다고 생각하는 것 같았다. 몇 시간이고 걷다 보면, 걷는 길의 어딘가에 그 외로움을 버릴 수 있을 거라고.

또 외로울 때면 청소를 하는 사람, 언제 떠날지도 모르는 여행을 준비하는 사람, 울 수 있는 영화를 찾는 사람, 고양이를 끌어안고 자는 사람, 새벽 꽃 시장에 가는 사람, 멍하니 구름만 보는 사람…. 참 많기도 많았다.

그렇다면 나는 어땠나? 어떻게 외로움을 이겨온 걸까? 남에게 해결책을 묻기 전에 나는 나만의 방법을 갖고 있는 사람이었던가? 문득 궁금했다. 나는 끌어안고 잘 고양이도 없는 사람이고, 꽃 시장에 가기 위해 새벽부터 일어날 만큼 부지런한 사람도 아닌데, 어떻게 외로움을 이겨야 하는 걸까. 계속 고민을 이어갔다.

방법이 없었다. 누군가처럼 고민에 고민을 몇 시간이고 이어가봐도 이를 길바닥 어디쯤에 버릴 수가 없었다. 외로움을 이길 수 없었다.

그날은 생각으로만 오래 걷고 허공의 고양이를 쓰다듬고, 고개나 끄덕이다가 글자나 몇 글자 적었던 것 같다.

태생적 고독

글을 쓰면 사랑과 멀어지곤 했다.

또 사랑으로 행복해지면 글을 떠나곤 했다.

둘 중 하나를 지니면 다른 건 지니기 힘들어진다.

마치 대체재처럼 말이다.

둘 중 하나만 누릴 수밖에 없는 걸까.

글과 사랑이 먼 곳의 한 조상에게서 태어나기라도 한 걸까.

사실은 외로웠다고

외로움을 싫어하는 것과 천성이 외로운 사람은 본질적으로 다르지 않다. 외로운 걸 죽도록 싫어하면서도 본능적으로 외로운 길을 걷는 사람도 있다는 말이다.

내가 그렇다. 나뿐만 아니라 많은 이들이 그럴 거다. 그랬을 거다.

소년기, 외로운 게 너무도 싫어 짝꿍을 흘끔흘끔 보다가도, 정작 그가 내미는 사탕 하나에 이걸 왜 나한테 주냐며 틱틱대곤 했다고. 수줍고 풋풋하게 다가오는 그 아이를 괜히 밀치기도 했다고. 사실은 외로웠다고.

물의 인력

강이나 바다나, 아무튼 물이 고여 있는 것만 보면 눈물이
왈칵 나곤 한다고요? 예전엔 안 그랬는데 요즘 들어 그렇다
고요? 어쩌면 그건 당신 마음이 저 물들만큼이나 많은 눈물
을 뿜어내고 싶어 해서일지도 몰라요. 아니, 어쩌면 이미 몸
속에 그만큼이나 많은 물기가 모여서 넘친 걸지도 모르겠습
니다. 물방울 둘이 이느 정도 이상 가까워지면 서로를 쏙 하
고 끌어당겨 결국 하나가 되잖아요. 그러니 우리 눈물과 저
강물도 서로를 끌어당기고 있는 게 아니겠냔 말이에요.

너구리에게 솜사탕을 줬더니

너구리는 뭐든 물에 씻어서 먹는 습성을 지녔다고 한다. 그게 과일이 됐든, 곤충이 됐든. 처음 그 사실을 알았을 땐 그저 '아, 녀석들 참 깨끗하구나!'라고만 생각했었다. 나는 아주 가끔 귀찮음이 절정일 때 사과 따위를 씻지 않고 그냥 먹기도 하는데, 어쩌면 나보다도 나은 놈들이구나 싶기도 했다.

유튜브나 SNS에는 하루에도 셀 수 없을 만큼 많은 동영상이 업로드된다. 나는 그것들 대부분을 무시하는 편이지만, 귀여운 동물들이 썸네일에 있으면 반사적으로 그 영상을 보게 된다. 볼 수밖에 없다. 그렇게들 귀여운데 안 눌러볼 수가.

'너구리에게 솜사탕을 줬더니' 식의 제목이었던 것 같다. 영상 안의 누군가가 솜사탕을 조금 떼어 너구리에게 건넨다. 너구리는 두 팔로 그것을 공손히 받아들더니, 쫄래쫄래 물가로 가 그것을 씻는다. 솜사탕은 물에 들어가자마자 흔적도 없이 녹아버린다. 너구리는 망연자실해 물가를 내려다보기만 한다. 그러곤 다시 사람에게 다가와 손을 벌린다. 사람은 다시 솜사탕을 건네고 너구리는 또다시 솜사탕을 물에 녹인다. 사람들은 그 상황을 보며 깔깔 웃는다. 동영상 댓글 란에도 'ㅋㅋㅋ'가 도배되어 있었다.

나는 웃을 수 없었다. 오히려 비참하고 눈물겹기까지 했다. 무언가를 얻고, 그를 소중히 여기려 했을 뿐인데. 그 소중한 무언가가 흔적도 없이 사라져버리다니. 또 누군가는 그걸 재밌다는 듯 웃고 있는 꼴이라니. 웃자고 찍어 올린 동영상을 왜 그렇게 진지하게 보냐고 말한다면 할 말은 없다. 다만 당시 그 영상을 보던 내 마음에 가벼이 웃을 여유조차 없었기 때문이었다고, 그 정도의 변명쯤은 할 수 있을 것 같다.

별것 아닌 이유로

가끔은 떠돌이들의 삶을 상상한다. 어느 한 곳에 정착하지 못하고 일생을 여행처럼 보내는 사람들. 물론 작가라고 해서 굳이 여러 곳을 떠돌 필요는 없다고 생각한다. 하지만 작가의 마음으로 그런 사람들을 보거나 그런 사람들의 이야기를 접하면, 묘한 부러움 같은 게 일렁일 때가 많다. 통영에서 겨울을, 원대리 자작나무 숲에서 통째로 가을을 보내는 상상을 할 때면, 그만한 호사가 없겠다고 생각하게 된다.

전국 곳곳을 떠돌다 결국엔 어느 한 곳에 눌러앉게 되는 사람들의 소식을 접한 적도 있다. 그곳의 특산물이 입에 너무 잘 맞아서 그런 건 아니라고 했다. 소중했던 누군가와 재회하기로 한 곳도 아니란다. 그곳의 누군가로부터 약점을 잡힌 것 또한 아니었다. 뭔가 확실한 이유랄 게 없다는 말이다. 그럼에도 그 한때의 방랑자는, 어느 순간부터 퇴역한 항공기나 군용 트럭처럼 그곳에 머물게 됐단다.

그는 조금 이른 은퇴를 맞고 곳곳을 떠도는 흔한 떠돌이였

다. 안 가본 곳이 없다고 했다. 동네의 바닷물이 빠지고 들어
오는 시간대가 파악될 때쯤, 새벽쯤이면 어떤 비석이 붉게 빛
난다는 등의 괴담을 알게 될 때쯤, 그리고 그게 하나도 놀랍
지 않아질 때쯤 그는 미련 없이 그 동네를 떠나곤 했단다. 다
시 새로운 곳을 찾아 떠났단다. 그리고 철새처럼 오가는 방랑
자들이 처음이 아닌 마을 사람들은, 구태여 그를 잡지 않았
다고 했다.

참 별것 아닌 이유지만, 그는 마을 사람들의 알량한 온정
때문에 한 마을에 눌러앉게 됐다고 고백했다. 옆집 할머니가
아침마다 찐 옥수수를 문 앞에 두고 갔단다. 시골의 몇 없는
어린아이들이 유난히 인사성이 밝았단다. 오지랖 넓은 이장
이 좋은 낚시 포인트를 알려줬단다.

보름 넘는 시간이 흐르고 슬슬 떠날 때가 됐나 하는 생각
이 들 때쯤, 그는 뭔가 평소와는 다른 느낌을 받았다고 했다.
방 안에 펼쳐놨던 물건들을 하나하나 담을 때마다 할머니의
얼굴이, 아이들의 검고 흰 가마가, 이장님의 목소리가 턱턱 마
음에 걸렸단다. 그리고 끝내 짐을 다 싸지 못한 채로 밤을 맞
았을 때, 그는 그곳에 눌러앉기로 마음먹었다고 했다.

참 알량한 것들이다. 다른 집에 옥수수 몇 개 갖다 준다고 가세가 흔들리는 것도 아니고, 고개 숙여 인사 한 번 한다고 어린 아이가 자존심이 상하는 것도 아니었을 것이다. 자신만 알고 있는 낚시 자리를 알려준다고 고기의 씨가 마를 일은 더더욱 없었을 거다. 하지만 그 알량한 온정들이, 누군가에겐 머물 집이 되고 떠나지 말아야 할 이유가 될 때도 있는 법이다. 그렇게 고향 삼고 싶은 곳이 생길 수도 있다는 말이다.

때로 우리는 그렇게 소소한 것들에 의해 스스로 마음을 묶는다. 어촌 마을 억센 갯벌에 발이 묶이는 것처럼. 참 별것도 아닌 일로 사랑에 빠지고.

이제 외로움을 안고 잘 시간이야

이와이 슌지 감독의 1998년 작인 〈4월 이야기〉를 좋아한다. 홋카이도 태생의 주인공 우즈키가 대학에 합격해 도쿄로 내려오며 영화는 시작된다. 나는 그녀가 텅 빈 자취방에 누워, 고향에서 온 이삿짐을 받는 장면을 특히 좋아한다. 벚꽃 잎은 넉넉한 눈발처럼 흩날리고 이사 트럭이 그 거리를 가로지른다. 도중에는 전통 의상을 입은 새색시가 택시에 오르는 장면도 스친다. 4월의 설레는 정경들.

집 앞에 멈춘 트럭에서는 온갖 것들이 쏟아져 나온다. 커다란 소파에서부터 냉장고, 이불들까지. 하지만 기껏해야 대학 새내기의 자취방이었다. 그 크고 많은 짐을 다 받아내기에 방은 너무 좁았다. 이삿짐센터 직원은 우즈키에게 몇 개는 버리고 몇 개는 도로 고향으로 돌려보내기를 권한다. 우즈키는 고개를 끄덕인다. 하지만 못내 섭섭한 표정을 감추진 못한다.

나는 우즈키의 방에서 나의 마음을 봤다. 비단 나뿐만이 아니다. 우리는 각각 갈비뼈 안쪽에 우즈키의 방 비슷한 것을 한 칸씩 갖고 살아간다. 고향 집 냄새처럼 아련한 것, 나를 편하게 하고 나를 덮어주는 그런 것들을 싫어하는 사람은 없다. 가능하다면 그 모든 것들을 우리는 마음에 빠짐없이 담아두고 싶어 한다.

하지만 다시 한 번 말한다. 우리 마음은 우즈키의 방이다. 욕심처럼 모든 것을 다 담아둘 수만은 없다는 말이다. 우리는 거뜬히 받아낼 수 있고 꼭 필요한 것을 간직하고, 아끼고 좋아하지만 차마 감당해낼 수 없는 것을 포기하며 살아간다.

때론 가능할 줄로만 알고 방에 들여 놓은 것들을 토해낸 적도 있다. 울 것 같은 표정을 지으면서. 한동안 4월 정경들처럼 설레는 것들을 내 방 안에 품고 살아왔다. 그리고 얼마 전 나는 우즈키처럼 섭섭한 표정을 지으며 그것들을 토해냈다.

이제 나는 휑할 정도로 비워진 나의 방에 외로움들을 잔뜩 들여놨다. 아마 외로움에 모양이 있다면 매끈한 금속 재질의 파이프 같은 것이겠다. 이유는 모르겠다. 아무튼, 이 외로움들은 글과 책을 만들 때 필요한 핵심 재료다. 일종의 철골이다.

작년을 떠올린다. 그리고 작년보다 훨씬 더 전의 나날을 떠올린다. 다시 나의 방에 돌아왔다는 걸 실감한다. 자, 이제 외

로움을 안고 잘 시간이야. 웅크리고 누운 방바닥 어딘가에서
그런 목소리가 들린 것 같기도 하다. 하지만 나는 우즈키처럼
예쁘게 미소 지을 수 있는 사람이 아니다.

진짜 위로

위로가 고픈 시대다. 책과 음악을 비롯해 수많은 형태의 인스턴트식 위로가 공급되고 소비되고 있다. 그래서인지 우리는 무턱대고 '넌 참 소중해.'라고 말하는 이들을 마주치기도 한다. 그만큼 사람들의 세상살이가 힘들고 아프다는 뜻이다.

하지만 이유도, 실체도 불분명한 이런 칭찬들이 누구에게나 반가울 수만은 없을 뿐더러 '당신은 소중하다.'라거나 '넌 예쁘니까 덜 아파도 돼.'와 같은 위로들은 오히려 역효과를 일으킬 수도 있다. 난 나를 예쁘다고 생각하지 않는데, 그럼 예쁘지 않은 나는 아파도 된다는 거야? 그렇게 생각하는 사람도 있을 수 있다는 말이다.

나부터가 그렇다. 나는 빛나는 글을 쓸 수는 있어도, 나라는 사람 자체가 빛난다고는 생각하지 않는다. 그래서 예쁜 것들만 예뻐하는 분위기에 가끔 환멸을 느끼곤 한다. 하지만 때때로 '진짜 위로'는 참 쉽기도 하다. 아픈 사람들은, '아프다는 것을 알아주는 것'만으로도 어느 정도는 덜 아프게 된다.

발톱이 찢어진 적이 있다. 깨졌다는 표현보단 찢어졌다고 말하는 게 더 어울렸다. 애매한 각도로, 속살이 드러나고 피가 배어날 정도로 깊게 다쳤다. 깎아내기에도, 잘라내기에도 곤란해서 나는 그저 밴드를 붙여둘 수밖에 없었다. 다친 쪽 발을 늘 눈에 보이도록 하는 게 내가 할 수 있는 전부였다. 집에 있을 때도 다친 쪽 발에는 수면 양말을 신지 않았다. 걸어다닐 때에도 자주 다친 쪽을 바라봐주고 의식하고, 또 조심스레 걸었다. 그렇게 행동하는 것만으로도 더는 아프지 않을 거라고 생각할 수 있었다. 나의 어디가 아픈지를 정확히 알고, 최소한 주의는 하게 되니까.

알아준다는 것은 이렇게 대단한 일이다. 대단한 치유가 되어줄 수 있는 일이다. 세상에서 사람들이 받는 상처는 모두 제각각이다. 여기가 이렇게 아플 수도 있다. 거기가 그렇게 아플 수도 있겠다.

우리 자신의 상처에 대해서, 그리고 아끼는 사람의 상처에 대해서 '아, 거기가 아팠니? 그렇게 아팠니?' 하고 알아줄 수 있는 사람이 된다면 좋겠다. 그렇게 진짜 위로를 주고받을 수 있다면 좋겠다.

원고를 날렸다

한 권의 책은 참 여러 우여곡절 끝에 나온다는 걸 알아줬으면 좋겠다. 이번에도 술독 속에서 허우적댄 뒤에야 겨우 쓴 글이 몇 편이고, 유쾌하지 않은 경험들이 씨앗이 된 글이 또 열댓 편은 된다.

한번은 원고를 통째로 날린 적도 있었다. 그때가 약 6만 자쯤 썼을 때였으니, 아마 일반적인 책의 절반 정도가 먼지처럼 사라졌다는 말이 되겠다.

사고는 운영하는 카페에서 밤샘 원고 작업을 할 때 터졌다. 하루에 몇 편이고 습작할 수 있었던 대학 시절에는, 밤샘 작업을 한다 해도 몸이 거뜬히 버텨주곤 했었다. 심지어 넘치는 힘을 주체할 수 없어서 새벽 산책을 한 적도 많다. 하지만 서른에 가까워질수록 밤샘은 작업보단 싸움에 가까워졌다. 눈은 시도 때도 없이 감겼고 손의 감각도 둔해져서 툭하면 뭔가를 떨어뜨리거나 넘어뜨리게 됐다.

새벽 세 시, 나는 간식을 먹으려 노트북을 덮었다. 분명 노트북을 덮기만 한 것 같은데, 노트북은 내 손을 따라 테이블

아래로 떨어졌다. 그리고 그렇게 그는 유명을 달리했다. 마침 설 연휴 기간이라 당장 수리할 수도 없는 상황이었다. 나의 부주의로 일어난 일이니 누굴 탓할 수도 없었다.

원고를 살려야만 했다. 다 갈아엎고 새로 모든 것을 구상하고 다시 써내기엔, 너무도 내 살점들이었고 추억들이었다. 나는 어쩔 수 없이 밤샘 작업을 하는 동안 머릿속에 담아두었던 원고 내용들을 다른 노트북에 처음부터 적어내기로 했다. 몇 시간이라도 지체되면 더는 내용을 기억해내지 못할 수도 있었다. 당장 새로 써야만 했다. 나는 그렇게 몇 시간이 걸릴지 모를 타이핑을 시작했다.

처음에는 막막했다. 중간쯤 왔을 때는 이전에 쓸 때 미처 챙기지 못했던 부분들을 보완할 수 있었다. 그리고 막바지쯤에는 어쩐지 참 낭만적이라는 생각까지 들었다. 왜, 그런 거 있잖은가. 아주 먼 곳에서 아주 느린 속도로 전송되어, 결국에는 어딘가로 가닿는 데이터 같은 것들.

영화 〈프리퀀시〉의 내용이 그랬다. 섬뜩하고도 아름다운 도시 괴담들이 또 그랬다. 돌아가신 어머니의 통화 내용이 돌고 돌아 자식의 라디오에서 흘러나온다든가 하는. 나는 느리지만 분명하게 새로 완성되어가는 원고를 보며 그 비슷한 감동을 느낄 수 있었다. 머지않아 원고는 복구될 거고, 나아가서는 책으로 완성될 거라는 생각을 하니 그게 낭만적이라 여기기까지 한 거다.

2018년 2월 13일에는 가장 먼 곳의 우주 사진이 지구에 도착했다. 무려 지구에서 61억 2000만 킬로미터 떨어진 곳의 천체 사진이란다. 사실 얼마나 먼 거리인지 가늠조차 되지 않는 수치이다. 사진이 지구까지 오는 데에는 한 장당 무려 열 시간이 걸렸다고 한다. 그야말로 낭만이다.

아무리 먼 곳에서, 아무리 느리게 오더라도 분명히 닿는다는 것. 우리 진심도 그랬으면 좋겠다. 아무리 먼 곳에서 쏘아 올린 진심이어도, 그리고 그 진심을 말하기까지 아무리 오래 걸렸더라도, 끝끝내는 목적지로 가닿았으면 좋겠다.

진심이 전해졌으면 좋겠다.

코앞 꽃 가게가 멀다

신촌 거리에서 드라이 플라워 자판기를 본 적이 있다.

누군가 나의 뒤에서 말했다. 그런 거 요즘 다른 곳에도 많다고. 그렇구나, 요즘의 꽃들은 저토록 가까이에 있고, 심지어 다른 곳에도 많은 거구나.

몇 발자국 거리였다. 꽃들은 가까이에 있었다. 주머니에 돈도 있었다. 하지만 나와는 어울리지 않았다. 자판기 하나가 백화점처럼 멀게 느껴졌다.

애초에 나는 코앞 꽃가게도 먼 사람이었다.

천상병

　욕심 같지만, 누군가를 만난다면 나를 이해해주고 내가 이해해줄 수 있는 사람을 만나고 싶다. 이 세상 어딘가에 마음의 넓고 좁음, 순함과 사나움과는 관련 없이 '나'만의 세계를, 그 본질을 제대로 볼 줄 아는 사람이 있어준다면 참 좋겠다.

　아무리 착하고 남들이 다 좋다고 하는 성격일지라도 나를 제대로 못 보면 무슨 소용일까 싶은 마음에서다. 남들이 다 미워하는 모난 성격의 사람일지라도 나를 똑바로 봐주고 안아줄 수 있는 사람이라면, 그는 나의 목순옥이 되고 난 그의 천상병이 될 수 있을 텐데.

콘돔 상자

정확히 언제부터인지는 모르겠지만, 정신을 차리고 보니 술을 마실 수 있는 나이가 되어 있었다. 그리고 난 이제 매일 밤 퇴근길 편의점에서 당연하다는 듯 맥주를 한 캔씩 사는 사람이 됐다. 오늘도 맥주를 사기 위해 편의점 문을 열었다. 목소리가 들려오고 있었다.

"다 골랐어?"
"응, 나는 이거고 동생은 이거."

연년생쯤으로 보이는 아이 둘과 그들의 엄마가 각자 살 것을 고르고 있는 모양이었다. 내게는 보이는 장면의 이전 상황을 상상해보는 버릇이 있다. 아이들은 간식거리를 고르기 위해, 어머니는 생필품 따위를 살 일이 있어 편의점에 들어왔으리라. 그리고 각자의 물건을 골라 계산대 앞에서 그것들을 모으고, 어머니가 계산을 하려 했겠지.

"그건 안 돼. 그거 아니야, 먹는 거."

어딘지 모르게 당황스러운 목소리였다. 아닌 게 아니라 궁금한 마음에 곁눈질로 본 아이의 손에는 핑크색 콘돔 상자가 들려 있었다.

"왜……."

아이는 힘없는 목소리로 콘돔을 내려두곤 초코과자로 보이는 걸 카운터에 올렸다. 적잖이 실망한 표정이었다. 아마도 누군가가 그 광경을 봤다면 굉장히 웃겼을 수도 있겠지만, 난 하나도 웃기지 않았다. 난 알았다. 그 아이의 마음을 알았다. 핑크색 콘돔 상자는 내가 보기에도 예뻤고, 제품의 로고는 화려했다. 아이가 보기에는 그 안에 맛있는 사탕 비슷한 것이 들어 있을 것만 같았겠지. 그래서 몹시 마음에 들었고 갖고 싶었을 것이다. 난생 처음 보는 장난감 또는 군것질거리에 홀려버려서, 손에 그 예쁜 것을 들고 뛰어다니고 싶었을 것이다. 제대로 된 이유조차 듣지 못한 채, 이건 너에게 맞는 게 아니야, 라며 거절당하는 그 마음. 나는 알 것 같았다.

내 마음속에도 사랑이-엄밀히는 그 비슷한 것들이-가득 차 있던 때가 있었다. 하루하루가 내게 과분하다 싶을 정도로 빛났고, 나는 그 빛들을 오롯이 느끼고 싶어, 하지도 않던 시간에 하지도 않던 산책을 하곤 했다. 밤에도 빛이 넘쳐나곤 했다. 나는 그렇게 벅차오르는 감정을 어쩔 줄 몰라 글을 쓰거나, 뜬금없이 웃으며 걷고 뛰어다닐 수밖에 없었다. 그렇게라도 하지 않으면 그 마음이 넘쳐나 온몸과 마음에 난리가 날 것 같았다.

그렇지만 과분하다 싶을 정도로 빛났던 날들은 정말 내게 과분했을 뿐이었고, 해가 지고 밤이 오듯, 벚꽃이 지고 초여름이 오듯, 나는 본래 내가 있던 시간들로 돌아왔다. 정말 열어보고 싶고, 내 것으로 만들고 싶었던 무언가(누군가)는 열어보기도 전에 나를 부정하는 어떠한 것(사람)이었다.

어째선지 난 초코과자를 들고 나가는 아이의 축 처진 뒷모습을 끝까지 바라볼 수밖에 없었고, 들고 있던 익숙한 맥주를 내려놓고 마셔본 적 없는 예쁜 맥주 캔을 집어 들었다.

"인생은 초콜릿 상자와 같아서 열기 전까지는 뭘 집을지 알 수 없다. 어떤 상자를 고르느냐에 따라 초콜릿의 맛이 달라지듯, 인생 역시 마찬가지다."라는 영화 대사가 있다. 난 단 음식을 좋아하지 않지만, 가끔은 내 상자에서도 달콤한 게 나왔으면 좋겠다. 나와는 다른 예쁜 것을 손에 쥐고 걷고 싶을 때도 있다는 말이다.

여름 추위

입하가 갓 지난 어느 날, 나는 조금은 성급하게도 찬 겨울 날을 생각했다. 가을보다도 맑아진 공기가, 시리고 차가운 그 공기가 폐 속으로 들어왔다 나간 겨울날들이 스무 몇 해 지나갔다. 버스를 기다리며 한 손엔 엄마 손, 한 손엔 토큰을 쥐고 발을 동동 굴렀던 시간이 지났고, 어스름한 길을 회색 교복을 입고 걸었던 시간도 지나갔다.

계절에 따른 컨디션이라든가 감정이란 건 나무의 계절나기와 비슷하다. 흰 꽃이 피었다가 푸르러지고, 노랗고 붉었다가 결국 앙상해지는 나무를 보고 있으면, 사람 마음도 함께 겨울처럼 쇠락해감을 깨닫게 된다. 더욱 무언가 결핍되고 목마르게 됨을 느끼는 것이다.

한 소설가가 쓴 글을 어렴풋이 기억한다. "사랑이란 건 완벽한 개개인의 것이 아니라, 어느 구석이 결핍된 자들이 나누는 것이고, 서로의 예쁘지 못한 곳까지 온전히 예뻐해주는 것이다."라는 식의 글이었다.

한겨울, 얇은 옷을 입고도 씩씩하게 걷는 나는 '완벽한' 개인이었다. 하루는 두껍게 껴입고도 서로 엉키어 붙어 다니는 연인들을 바라보기도 했다. 마음에 결핍이 있는 사람들이 서로를 더 꼭 안아주는 모습을 보며, 사람은 얼마나 약한가에 대해서 생각했던 것 같다.

고작 5월. 겨울은 한참 멀었건만 나는 어째선지 지난밤 잠자리에서 오한을 느꼈다. 추웠다. 그날의 연인들을 떠올리며 철 지난 전기장판을 켜고 잠에 들었다.

불쾌한 아침이 나를 반겼다. 나는 인중과 미간에 맺힌 땀을 손으로 쓸며, '어쩌면 정말로 결핍된 쪽은 엄살을 부리며 서로를 껴안았던 그 연인이 아니라 내 쪽이 아닐까?' 생각하곤 고개를 끄덕였다. 끄덕이는 일만 할 수 있었다.

소소 수수

같은 신발을 신고 걷다가 공원 어디쯤의 벤치에 앉아, 캔 커피라든가 캔 맥주 같은 걸 나눠 마시는 기분을 느껴보고 싶다. 또 신발의 불편함에 대해 불평하면서 서로 맞장구를 쳐주는 것은 어떤 기분일까. 아니면 둘 다 타본 적 없는 노선의 버스에 올라타, 이어폰을 나누어 끼고 그 속에서 나오는 음악을 함께 듣는 것은 어떤 느낌일까.

날씨 좋은 요즘, 걷다 보면 흔히 보이곤 하는 사람들의 얼굴이 하나하나 예쁘다. 나는 그렇게 걷다 문득 멍해져서는, 누군가와 마주보고 '파인애플은 높은 나무가 아닌 무릎 높이쯤 오는 풀에서 열매를 맺는다는 사실을 알고 있었어?'라든지, 그만도 못한 시시콜콜한 이야기를 서로 나누며 실없이 웃는 내 모습을 상상해본다. 또 가끔은 집에서 영화를 같이 보는 것이다. 이미 몇 번은 본 로맨틱 코미디 따위를 보다 잠이 든 나를 보며 침을 조금 흘린 나의 입가를 슥슥 닦아주고는 이불 속으로 들어오는 그 사람의 손길과 움직임도 상상해본다.

힘들고 고민이 되었던 일들은 어째선지 그 사람 앞에선 며칠 전 나눴던 시시콜콜한 농담처럼 별것도 아닌 것이 되고 만다. 소소하고 수수했던 것들을 소중하고 소중하게, 수려하고 수려하게 느끼게끔 해주는. 밤이면 예쁜 것들만 생각나게끔 하는 사람.

맛있는 건 2인분부터

역시나 모두들 바쁘게 살고 있다. 세상은 힘든 내색 말고 더 열심히, 지내던 대로 지내기를 내게도 권했고, 나는 이를 따랐다.

퇴근길, 작은 식당에서 1인분의 식사를 주문해 조용히 먹었다. 이럴 때면 '2인분부터'라고 표시된 음식은 어째선지 늘 맛있어 보였다.

1인분의 삶에 대해 생각했다. 난 앞으로도 몇 년은 겨우 내 앞가림만을 하며 살아갈 것이다. 말 그대로 버티는 삶. 딱 1인분만큼 힘들고 그 1인분만큼 버틴다. 어리광은 없다.

그렇게 지내면 나는 잘 지내는 것처럼 보일 것이다. 가족에게 그리고 그 외의 주변 사람들에게. 그렇다면 성공적. 순조롭게 1인분만큼의 인생을 헤쳐나가는 멋진 모습.

다만, 여덟 자리 비밀번호를 누르고 집에 들어오면, 어째선지 나를 움직이게 해준 끈 같은 것은 풀려버렸고, 나는 옷도 벗지 않고 잠들기 일쑤였다. 실망스런 꼴이 되곤 했다.

간혹 꾸는 꿈에서 나는 누군지 모를 사람에게 신나게 안겨 있곤 했다. 내 못생긴 웃음을 보여주고, 안기고, 만지고, 입 맞추고, 어리광을 부려댔다. 그럼에도 누구도 내게 실망하지 않는 꿈이었다. 2인분만큼의 꿈이었다.

지났어요

옆자리에서 술 냄새를 풍기며 졸고 계시던 아저씨가 흠칫 놀라며 주변을 둘러보셨다. 그러곤 내게,

"금정 지났나요?"

하고 물으셨다. 나는

"지났어요."

라고 대답했다. 아저씨는 다시

"제가 내려야 하나요?"

라며 물으셨다.

나는 그저 네, 라고 대답해도 될 것을, 어째선지 또다시

"지났어요."

라고 대답해버렸다.

사람 마음이 그렇다. 어쩌면 당연히 답을 알고 있는 것에 대해서도 누군가를, 누군가의 앞날을 책임지려 하지 않는다. 바보 또는 앵무새, 겁쟁이가 돼버린다. 기분이 오묘했다.

불가항력

내 생각에 외로움은 불가항력 같은 거야. 왜 있잖아, 우리
발이 평생 땅에 붙어 있어야 하는 것처럼, 때때로 바다를 보
기 위해선 물이 들어올 때까지 몇 시간이고 기다려야 하는
것처럼. 그러니까 외로워하는 걸 조금 쉬어라, 외로워하지 마
라, 그런 말은 하지 말아요. 사랑해줄 거 아니잖아요. 심지어
나는 사랑받는 중에도 가끔은 외로웠던 사람인데.

우리는 외로움의 이유를 몰라요. 아마 뇌 과학자들이 머
리를 열어 봐도 확실히는 알아내지 못할 거야. 꽃은 꽃의 고
향을 모르죠. 그게 꽃 시장이었는지, 어느 먼 나라의 벌판이
었는지. 어느 날 꺾어 온 꽃 한 송이가 외롭다고 말을 걸면,
당신은 그 꽃을 고향에 데려다줄 수 있나요? 확실한 방향을
알아요?

오늘은 공중을 걷는 꿈, 썰물이 영원히 없는 바다를 보는
꿈을 꾸고 싶어요. 외롭고 싶지 않아요. 그렇지만, 아, 어쩔 수
없이 외로워.

지붕이 되어줬으면

비 오는 날을 좋아해. 비가 조금이라도 오겠다 싶으면, 신이 나서 주변 사람들에게 묻고 다니던 때도 있었지. 비 오는 날을 좋아하느냐고. 나는 참 좋아한다고. 그런데 그중 몇몇은 비 오는 날을 싫어한다고 말하면서도, 실내에서 그 풍경을 보는 건 또 좋다고 대답하더라.

처음엔 그들을 이해할 수 없었지만, 이젠 조금 알 것도 같아. 그건 어쩌면 자신이 벽과 창문과 지붕에 의해 보호받고 있다는 게, 그 보호받고 있는 기분이 좋다는 말일 수도 있겠다고 말이야. 그런 의미에서라면, 나도 비 오는 날을 싫어할 수 있어. 나도 실내에서 비를 보는 것만 좋아할래. 가끔은 누군가의 품속에 있고 싶다는 말이야. 좋다, 좋다 말하곤 했지만, 실은 안 괜찮은 마음들도 많았다고.

그래서 네가 내 벽이나 창문, 지붕이 되어줬으면 좋겠다고. 나 좀 알아달라고. 안아달라고.

Be

뭘 좋아하는지를 아는 것보단 뭘 싫어하는지를 아는 일.

그래달라는 말보단 그러지 말아달라고 말하는 일.

친절하기보단 무례하지 않기를.

자주 웃으세요보단 아프지 말아요를.

때로는 서글프기도 하지만,

그게 너와 나와 우리가 계속 너와 나와 우리인 방법.

2

사 랑 했 고

재밌는 사람

스스로를 입담꾼이라 생각했다. 몇몇 모임에서는 나의 유머 코드를 꽤 좋아해줬고, 분위기 메이커라는 소리를 들어본 적도 많았다.

하지만 문제는 기복이 있다는 거다. 조금 더 정확히 말하자면 내 입은 사람을 가렸다. 천성이 조심스러운 탓에, 나는 누군가를 사랑하기 시작하면 한없이 재미없는 사람이 되곤 했다. 그 사람의 입장이랄지 비위를 과하게 배려하려다 보니, 나는 그저 시시하고도 일상적인 얘기만 하게 됐다.

그 사람은 재밌는 사람이 좋다고 말했지만, 난 사랑할수록 재미없어지는 사람이었다.

널 보고 있어

카페에서 커피를 내리다 보면 좋은 점이 있다. 바로 여러 사람, 그중에서도 다양한 연인들을 볼 수 있다는 점이다. 싸우는 연인, 키스하는 연인, 뭐가 그리 웃긴지 몇 번이고 크게 웃는 연인, 많기도 많다. 나는 그들을 바라보며, 그들이 지금 이 자리에서 '진짜로 사랑하고 있는지' 아니면 '지금만큼은 잠깐 사랑을 쉬고 있는지'를 멋대로 가늠해보기도 한다. 어쩌면 무례한 일이다. 지금 사랑하고 있지 않을 것 같은 연인이 어쩌면 쉬지 않고 사랑하고 있는 중일 수도 있는 거니까. 하지만 나는 관계의 쉼을 말하는 게 아니다. 연인이라는 관계에 있더라도 사랑이라는 감정이 더욱 활성화될 때가 있고, 그렇지 못한 때도 있을 거라는 이야기다.

대화를 나누는 어떤 연인은 서로의 눈만을 쉬지 않고 바라봤다. 다른 것은 아예 이 세상에 존재하지 않는다고 믿는 것처럼, 마치 애인의 눈동자가 우주인 줄로만 아는 것처럼 말이다. 다른 어떤 연인은 핸드폰을 만지고 카페 곳곳을 따로 돌아다니며 구경했다. 대화는 아주 가끔 했다. 그리고 그마저도 달콤함과는 거리가 있어 보였다. 표정과 목소리에서 일상적인 냄새가 났다. 나는 전자를 '사랑 활성화 상태'로 보고, 후자를 비활성화 상태로 봤다.

얼그레이 두 잔을 주문한 연인도 기억에 남아 있다. 그들은 붉은 찻물이 투명에 가까워질 때까지 몇 번이고 차를 우려 마셨다. 무슨 할 말이 그리도 많은지 두 개의 입은 쉬는 법이 없었다. 주변의 시선이나 소음 따위는 신경 쓰지 않는 모습이 내 마음에 깊숙이 다가왔다.

아끼는 옴니버스 영화 〈사랑해, 파리〉에는 배우 지망생 프랜신과 맹인 토마스의 사랑을 다룬 에피소드가 있다. 나는 그들이 주변 사람들을 신경 쓰지 않고 파리 곳곳에서 껴안고 서 있는 장면을 참 좋아한다. 마치 '파리 곳곳에는 사실 그 누구도 없어, 우리뿐이야.'라고 말하는 듯한, 사랑 활성화 상태.

또 나는 그들이 통화를 하는 장면도 좋아한다.

프랜신 — Thomas, are you listening to me?
　　　　(토마스, 내 말 듣고 있어?)

토마스 — No, I see you.
　　　　(아니, 널 보고 있어.)

앞을 볼 수 없음에도 누군가를 보고 있다고 말할 수 있다는 것. 듣는 일이 보는 일이 될 수 있다는 것. 듣는 게 할 수 있는 최선의 사랑이라는 것. 나는 그가 그렇게 말한 이유를 안다. 그 마음을 안다.

가난과 사랑에 대하여

　가난은 비극이다. 사랑에 있어서는 더욱 그렇다.

　사랑하는 사람에겐 좋은 것만 먹이고 좋은 것만 주고 싶은 법인데, 돈이 없으면 그러기가 영 쉽지 않다. 심지어 어떤 이는 사랑을 돈으로 사기도 한다. 물론 그게 진정한 사랑이 맞는지는 각자가 판단할 일이겠다. 어쨌든 나는 가난 때문에 함께 울거나 헤어지는 연인들을 여럿 봤다.

　그럼에도 세상엔 비극을 비극이 아닌 것처럼 여기고 오히려 이를 즐기며 살아가는 연인들도 은근히 많다. 그들은 나눠 먹는 즐거움을 누구보다 잘 알고 이런 소소한 재미에 감동할 줄 아는 사람들이다. 별것도 아닌 것을 별것으로 여기고 그때마다 감동할 줄 아는 사람들이다.

　나는 가끔 근사함이라는 말이 지닌 의미에 대해 깊이 생각한다. 비싼 것만이 근사할 수 있는지에 대하여. 그렇게 생각하기엔 세상에 근사한 것이 너무 많다. 소소한 근사함들이 너무도 많다.

작전은 실패했지만

우리가 처음 만나기로 한 날엔 비 소식이 있었다.

건대입구역에서의 약속이었다. 그날 나는 약속 시간보다도 삼십 분이나 먼저 그곳에 도착했다. 어디에 가서 커피를 마신다거나 하기에도 애매한 시간이었기에, 나는 그저 벤치에 앉아 하늘이나 사람들을 구경할 수밖에 없었다. 네 시도 안 된 시간이었지만 하늘이 흐렸다. 비가 올 것만 같았고, 왜 바보처럼 삼십 분씩이나 일찍 와버린 걸까 하고 생각했다. 지금에야 어렴풋이 알 것 같다. 말이 잘 통했던 사람, 요 며칠 궁금함의 대상이 된 사람을 조금이라도 빨리 만나고 싶었기 때문이 아니었을까? 분명 그랬을 거라 생각한다.

우리는 사람이 많은 4번 출구에서도 나름대로 서로를 잘 찾을 수 있었다. 그 사람은 라멘을 좋아한다고 했고, 나도 좋아한다고, 먹으러 가자고 대답했다. 마침 라멘 가게의 브레이크 타임이 끝날 무렵이었기에, 우리는 가게 앞에 서서 이런저런 얘기나 하며 기다리기로 했다.

이 가게의 어떤 라멘을 좋아하세요, 머리를 하고 오셨다고요, 잘 어울려요. 아직은 어색함 가득한 존댓말들이 오갔고 나는 그 어색함이 썩 싫지만은 않다고 생각했다. 폐지를 수집하시는 할머니 한 분이 지나가다 시간을 물었고 그 사람은 나보다 빨리 휴대전화를 꺼내 시간을 알려주었다. 나는 날렵하시네요, 라는 쓸데없고 바보 같은 칭찬을 해버렸고 금방 얼굴을 붉혔다.

라멘 가게를 나와 같이 술잔을 기울일 때쯤엔 어색함이 많이 사라지고 없었다. 존댓말도 더는 오가지 않았다. 나는 그 친숙해진 느낌이 또 퍽 좋다고 생각했다. 그 사람을 역까지 바래다줄 때쯤엔 언제 또 볼 수 있을지 모를 얼굴을 오래, 그리고 깊숙이 담아두려고 애썼던 것 같기도 하다.

그 사람은 갖고 왔던 우산을 잃어버린 것 같다고 했다. 나는 메시지를 읽자마자 우리가 갔던 찻집과 주점으로 달려가 그곳들을 샅샅이 뒤졌지만, 지나가는 시선으로 봐두었던 검은색 지오다노 우산은 찾을 수 없었다. 하지만 나는 걱정하지 말라며, 내가 촉이 참 좋은 사람인데 왠지 그 우산을 곧 되찾게 될 것 같다고 말했다. 그러고 나선 최대한 비슷하게 생긴, 같은 회사의 우산을 그날로 주문했다. 손잡이의 디자인이 눈에 띄게 달랐지만, 그래서 그 사람에게 우산을 건네주던 날

'똑같은 디자인이 아니라서 작전에 실패했다.'라고 말하면서도 오히려 그래서 다행이라고 생각했다. 지금에야 말한다.

엉성한 선물이지만, 그래서 참 쉽게도 다른 우산임을 눈치 챌 수 있었겠지만, 앞으로의 내 마음들도 그렇게 다가갔으면 좋겠다고. 그래서 쉽게 내 마음을 알게 된 그 사람이 '기특한 생각을 했구나.' '날 이렇게나 위해줬구나.' 하고 내 머리를 쓰다듬어주거나, 볼을 만져주며 칭찬해주었으면 좋겠다고.

자꾸자꾸

　낮에는 누군가가 좋아할 법한 하늘이 오래 있었고 누군가
와 닮은 웃는 입매도 많이 볼 수 있었습니다. 마침 다정한 목
소리도 사방에서 들려오는 날이었기에 나는 또 누군가를 자
주 떠올릴 수 있었죠. 집에 와서는 누워서 영화 채널이며 요
리 채널, 온갖 채널을 오갔는데요, 나는 그러는 내내 집중 한
번을 못 했습니다. 일곱 번은 고개를 가로저었습니다. 저 음식
을 좋아하는지도 모르면서 일단 만들어주고 싶잖아요. 저 배
우랑 많이 닮은 것도 아닌데 그 얼굴 떠오르잖아요. 또 그 얼
굴이잖아. 그렇게 시도 때도 없이 당신이잖아.

　밤하늘은 내게만큼은 한 사람의 까만 눈동자고 나는 밤과
눈을 마주치고 있습니다. 누군가인 것만, 누군가만 같아서요.
이따 자려고 누워서는 일곱 번은 베개에 뺨을 비빌 겁니다.
베개가 사람도 아니면서 희고 부드러운 게, 또 내 눈엔 그 얼
굴이잖아요. 이렇게 자꾸 떠오르잖아.

철 지난 축제 포스터

우리는 걷는 걸 참 좋아해요. 해가 지고 거리에 인적이 드물어질 때, 그때부터 우리의 모험은 시작되곤 합니다. 약수동 동물원엔 고양이와 강아지와 철새들이 바글대고 온갖 아파트와 교회 첨탑이 궁전이고 에펠탑입니다.

하루는 길거리에 붙어 있는 행사 전단지가 눈에 들어왔던 날도 있었죠. 조명 축제였나요, 아니면 걷기 축제였나요? 잘은 기억이 나지 않지만, 그건 이미 날짜가 지난 축제의 전단지였습니다. 이미 끝나버린 축제. 우리는 일단 볼멘소리부터 하고 봤지만, 생각해보세요. 사실 우리의 모든 날이 다 축제입니다. 축제가 없었던 삶, 사람들이 복작대는 걸 싫어했던 내 삶에 행진곡이 흐르고 있습니다. 언젠가 내 이름을 부르셔서 돌아봤을 땐, 꽃가루가 날리는 와중이었는지 나는 쉬이 눈을 뜨지 못하기도 했습니다.

자, 손을 잡아줘요. 아니면 키스해줘요. 곧 불꽃놀이가 시작될 것 같으니까요.

물가의 별

옛 애인의 이름 뜻을 헤아려본 날도 있었다.
'물가의 별'이라는 뜻이었던가.
나는 물가도 좋아하고 별도 참 좋아하는데
한 번이라도 물가에서 별을 본 적이 있었던가.
여행과는 거리가 멀어 그러지 못했던가.
하지만 아무래도 좋았던 것 같다, 그때의 나는.
대신 여행 같은 사람이 찾아와줬으니까.
그거면 충분했으니까.

크레마

커피에서 크레마라는 것은, 일종의 단열층 역할을 해서 커피가 빨리 식는 것을 막아주고 풍부하고 강한 커피 향을 느낄 수 있게끔 돕는 중요한 요소이면서 그 자체로도 부드럽고 상쾌한 맛을 지니기도 한다. 그 크레마가 깨지지 않게 하기 위해선, 뜨거운 물이나 우유를 부을 때 최대한 조심스럽고 정성스레 부어야만 한다.

나의 살랑거리는 어루만짐이 좋다고 말해준 사람이 있었다. 커피를 좋아하던 사람. 당신 마음도 그랬겠다고 생각한다. 크레마와 닮았던, 커피를 참 좋아하던 사람. 크레마가 깨지지 않도록 천천히 우유를 붓듯, 살랑살랑 대해줘야 하는 사람이었겠다.

너무 다른 연인

네가 언젠가 말했지? 우리는 너무 달라서, 아주 잘 맞는 연인들에 비해선 다소 삐걱거리는 것 같다고. 그게 아주 조금은 아쉽다고. 그때 나는 하하 웃으며 맞다고, 그런 것 같다고 대답했었어. 하지만 그날 밤, 우리가 그렇게나 잘 맞지 않는 연인인 건가 싶어 홀로 끙끙 애를 태웠었지.

며칠 몇 달이 더 흘러 그 며칠 몇 달만큼의 사랑이 더 쌓였고, 나는 이제야 자신 있게 내 생각을 말할 수 있게 됐어. 우리, 정말 잘 맞는 것 같다고. 한 우주에 같은 지문, 같은 목소리, 같은 눈동자가 없듯, 다름은 당연한 것이고 사랑의 밀도와는 관련이 없다고 생각해. 다른 아픔과 다른 경험, 여러 모양의 피딱지와 상처가 새롭게 맞물려서, 그렇게 껴안는 모양새가 되는 게 아닐까 하는 마음이야. 왜, 체온도 차이가 나야 상대방의 따뜻함이나 시린 내 몸의 온도 같은 게 더 잘 느껴지잖아.

차이와 사이는 참 닮은 어감을 지녔어. 너와 나는 참 멋진 사랑을 하고 있고.

어쩌면 우리 천생연분일지도 몰라요

차를 모는 걸 겁낸다.

지금껏 쭉 그래왔고 앞으로도 운전에 익숙해지긴 어려울 것 같다는 생각이다. 물론 운전면허가 있긴 있다. 다만 겨우겨우 따낸 면허증이었고, 도로주행 시험에서 떨어졌던 창피한 경험도 있기에 나는 운전에 떳떳할 수 없는 사람이다. 유치원생들이 타고 있을 노란색 봉고차가 바짝 옆에 붙었을 때였는데, 그 순간 나는 꽁꽁 얼어 이러지도 저러지도 못했던 것 같다. 내 부주의로 많은 사람이, 심지어 어린아이들이 다칠 수도 있겠다는 생각에 정신을 차릴 수 없었다.

나란 사람의 그릇 자체가 작은 거라고 생각할 수도 있겠지만, 나름의 변명을 해보자면 그래도 할 말은 있다. 아무리 작은 경차라 하더라도 우리네 몸무게의 몇 배는 되고, 또한 걸을 때보다 훨씬 더 넓은 면적을 차지하곤 몇 배는 빠른 속도로 움직이는 쇳덩이가 무섭지 않은가? 나는 무섭다. 오히려 그 쇳덩이를 너무도 쉽게 다루고 무신경하게(어디선가 발로 운전을 하는 동영상을 봤을 땐 식은땀을 흘리기도 했다) 다루는 게 더 이상하다는 생각이다.

2003년 2월, 초등학교 졸업식이 있던 어느 날을 떠올려본다. 그 무렵 어머니는 작고 오래된 마티즈를 몰고 다니셨는데, 하나밖에 없는 아들이 졸업한 날이니만큼 뷔페를 데려가겠다고 그 차를 몰고 학교로 오셨다. 나는 인생 첫 졸업이라는 것에 기뻐하거나 슬퍼할 겨를도 없이 어벙벙한 표정으로 어머니의 차에 올랐다. 학교 운동장을 나선 차가 도로 위를 얼마간 잘 달리는가 싶더니, 어느 순간 끽하고 멈춰버렸다. 어딘가에 '받았다'라고도 느낄 수 없을 정도의 가벼운 접촉 사고였던 것으로 기억한다. 다만 어머니는 그날 도로 위에서 펑펑 우셨다. 당신이 다치신 것도 아니었고 차 수리비가 걱정돼서도 아니었다. 하나밖에 없는 아들이 졸업한 날인데, 맛있는 걸 사주기는커녕 그렇게 사고를 내버린 것이 미안해서 우신 거였다. 나는 내 미숙으로, 누군가에게 미안한 일을 겪게 해 서럽게 울고 싶지 않다. 그게 내가 운전을 겁내는 또 다른 변명이라면 변명이겠다.

그 사람은 내게 멀미가 심하다고 말했었다. 그래서 택시도 웬만하면 피하는 사람이라고. 차를 타는 것을 꺼리는 사람이라고. 나는 차를 몰지 못하는 것쯤 아무것도 아닐 수도 있겠구나 생각하고 웃을 수 있었다.

'사랑해'의 날

　종종 동료 작가가 운영하는 카페에서 밤샘 원고 작업을 합니다. 가게의 모든 손님이 빠지고 동료 작가까지 마감을 마쳐 집에 가고 나면, 혼자 남아 가게를 지키고 글을 쓰는 방식이 지요. 사실 이 가게가 집에서도 참 멀고 아주 어릴 때만큼 밤을 새워도 거뜬한 몸 상태는 아니지만, 밤샘만이 주는 온전한 고독감과 평화로움은 늘 매력적으로 다가옵니다.

　오늘도 이곳에 남아 밤샘을 하고 있었습니다. 역시나 고독하고 평화로운 마음으로 글을 쓰고 있었어요. 그런데 새벽 네 시가 조금 넘은 시간이었을까요, 동네 친구에게서 전화가 왔습니다. 수신 버튼을 누르니 수화기 저쪽은 벌써부터 시끌시끌합니다. 동네 친구들끼리 술을 마시고 있었던 거겠죠. 목소리 하나가 말합니다. "하나 둘-" 그리고 셋에 여러 목소리들이 합창합니다. "사랑해-"라고. 나는 뭐야, 뭐하는 거야, 뚱하게 대답했지만 픽 웃었습니다. 수화기 저쪽에서 술 취한 목소리가 다그칩니다. "아 빨리 너도 사랑한다고 말하라고!" 나는 밤샘으로 비실비실해진 목소리로 져주는 듯 대답했습니다.

"사랑해…" 그러니 그들은 뭐가 그렇게 재밌는지 깔깔깔 웃습니다. 오늘이 '사랑해'의 날이라는 겁니다.

나는 생각해봤습니다. 세상엔 날짜로부터 비롯된 많은 기념일들, 그러니까 11월 11일은 '1이 네 개라 빼빼로 데이' 같은 것들이 많은데, 사랑해의 날이라는 게 있었던가 하고요. 더구나 1월 26일은 사랑한다는 말과 무슨 관련이 있는 걸까요? 2000년대 초반에 유행했던 숫자로 한글 만들기 같은 거였을까요? 1과 26 사이에 가로줄을 그으면 '사랑'이 된다던가? 아무튼 모르겠습니다.

모르겠지만 그렇다고 쳐도 좋겠습니다. 하루쯤은 사랑해의 날이어도 좋겠습니다. 오늘이 어떤 날이어도 상관없습니다. 혹시 두 달 뒤쯤이 생일이신가요, 그렇다면 오늘은 생일 두 달 전이니 사랑해의 날인 걸로 칩시다. 어제 평소보다 마음고생을 많이 했나요, 그렇다면 오늘은 새로운 마음이시길 바라니 사랑해의 날인 걸로 칩시다. 사랑합니다. 사랑해요.

가장 무서운 병

얼마 전 글을 쓰는 동생에게 지나가듯 물은 적이 있다. 가장 무섭다고 생각하는 병이 뭐냐고. 어떤 병에 걸렸을 때 가장 끔찍할 것 같으냐고. 당연히 암이죠, 형. 그 역시 나처럼 지나가듯 대답했다. 내가 조금 더 진지한 목소리로 물었다면 그가 어떻게 대답했을지는 모르겠다.

나는 치매가 가장 무섭다고 말했다. 글을 쓰는 사람이고, 그런 내게 뇌 기능의 저하는 그 어떤 질병보다 치명적일 거라는 생각에서였다. 늘 짜임새 있는 글을 써야 한다는 신념을 지니고 사는 난데, 똑같은 문장만 반복해서 쓴다든지 하는 건 생각하기도 싫다. 그리고 나는 치매로 인해 사랑하는 사람들에게 상처를 주고 짐을 지게끔 하는 이들을 많이 봐왔다.

이유가 하나 더 있다. 아직은 잊기 싫은 사람과 장면들이 있다. 무엇을 잊게 될지는 모른다지만, 그리고 잊었던 것들을 어느 순간에 기억해내는 환자들도 있다지만, 온전하게 기억하고 싶은 사람과 마음들이 있다는 말이다. 내가 '잊음의 병'에 걸리지 않길 바란다. 그러나 세상 모든 일이 바라는 대로만 되지 않는다는 것도 나는 잘 안다. 앞서 말한 불행이 내게도 닥쳐올지 모른다는 말이다. 하지만 정말 우주에 절대적인 존재가 있다면, 그리고 그가 날 조금이라도 사랑한다면, 다른 건 다 지워도 그 기억들만큼은 잊지 않게 해주었으면 좋겠다. 한 가지, 똑같은 문장만 쓰게 된대도 상관없다.

누구야 사랑한단다, 누구야 사랑한단다, 그 문장이면 되겠다. 그거면 그래도 괜찮겠다.

너도 같다

너무하다 싶을 정도로 환한 낮 하늘을 보며
저기 어디쯤에도 별이 있을 거라고 생각한다.
당신도 같다.
보이지 않아도 어딘가엔 있는 걸 나는 안다.

무턱대고 환하고 껍데기가 대부분인 행복을 누리기보단
어둡고 추워도 별 하나 당신 하나
바라볼 수 있다면 그걸로 족하다.
나는 낮보다는 밤을 더 좋아하는 사람이다.

나는 괜히

그 부드러운 손이 차를 마시려 유리잔을 잡으면
나는 괜히 설거지를 하려
모양이 같은 유리잔의 안쪽을 매만진다.
그러면 우리는 손을 잡을 수 있게 된다.

해찬

나는 경기도에 산다. 사실 참 피곤한 처지다. 경기도에 살면서 건대입구역에 있는 카페로 출퇴근하는 건 여간 피곤한 일이 아니다. 사장이 아니었다면 쉽게 할 수 있는 일이 아니라고 생각한다.

이번 주에는 기용이의 졸업식이 있어서, 화요일과 토요일을 제외한 모든 날에 커피를 내리게 됐다. 견뎌낼 수 있을 줄 알았는데, 몸이 아니란다. 못 한단다. 너무도 피곤해서 경기도 집으로 내려갈 엄두가 나지 않았다. 어쩔 수 없이 오늘은 건대 해찬이 집에서 자고 가기로 했다.

해찬이는 밤 약속이 있다고 했다. 어쩌다 보니 집주인이 없는 집에서 혼자 묵게 된 거다. 몸과 마음이 적적해서(넉넉히 잘 수 있게 됐기도 했고) 맥주 몇 캔을 사서 들어왔다. 해찬이의 집. 동료 작가들과 시답잖은 얘기를 나누며 술을 마시기도 했고, 마음 맞는 동생들과 기타를 치며 놀기도 했던 집. 늘 왁자지껄했고 쾌활했던 공간에 혼자 앉아 술을 마시는 건 처음이었다.

사실 조금 놀랐다. 이토록 적막한 공간은 흔치 않았다. 이곳엔 고요함이 매력인 망원동의 비밀스러운 카페보다도, 마음을 추스르러 자주 가곤 하는 새벽의 용신 2교 고가다리보다도 짙은 적막함이 있었다.

해찬이는 늘 쾌활한 아이라고만 생각했다. 아끼는 동생 중에서도 목소리가 가장 크고, 늘 밝게 웃고, 나와 근호를 웃기려 재밌는 이야기를 모아 오는 아이라고만.

그렇지만 세상 가장 낮고 깊은 곳의 우울과 공허함을 안고 있는 녀석이란 걸 어렴풋이 알고는 있었다. 하지만 이토록 고독한 공간이라니. 형으로서 그간 해찬이를 마음으로 안아주지 않았던 게 아닐까 하는 생각이 들어, 나는 조금 눈물을 흘렸다. 첫 만남 때부터 그랬다. 그 아이는 작가로서의 고민과 고충을 가진 아이였다. 그래서 내게 손을 뻗었던 거고, 내게서 어떤 해답이랄지 경험 같은 것을 원했던 것 같다. 나는 번지르르한 말들로 한껏 아는 체를 했던 것 같은데, 과연 그때의 그에게 도움이 됐는지는 잘 모르겠다.

나를 필요로 하는 사람에게 조금 더 넓은 포용을 선물하고 싶다. 고독의 뿌리까지 깊숙이 안아줄 순 없더라도, 나 스스로 최선을 다해 그들을 안아주고 싶다는 마음이다. 아끼는 사람들을 더 아끼는 사람이 되고 싶다.

새하얀 밤

언젠가 당신이 내 외로운 꿈에 들르셨습니다.
나는 꿈속 추위에 떨 당신이 걱정되다가도
찾아와주신 것이 너무 좋아
이러지도 저러지도 못했습니다.
나가란 말도 다시 와달란 말도 못했습니다.
새까만 밤이 새하얘지는 기분이었습니다.
행복감에 체하는 밤이었습니다.

나는 거짓말을 좋아해요

고수라는 식재료를 참 좋아한다고 말씀하셨죠. 쌀국수 같은 걸 드실 때면 꼭 수북이 넣어 드신다고요. 고수를 먹어본 적 없었지만, 저 역시 그걸 많이 좋아한다고 대답했습니다. 사실 그 뒤로 며칠은 혀가 아렸습니다. 낯선 맛과 향에 익숙해지느라 참 고생이 많았던 거죠. 처음엔 도대체 이걸 무슨 맛으로 먹나 싶었지만, 하루히루가 지나 이제는 괜찮아진 것 같기도 합니다. 이 맛과 향을 애정해보기로 합니다.

언젠가 내가 거짓말했음을 당신이 알게 된다면 실망하실 수도 있겠지만, 나도 몰랐는걸요, 내가 거짓말을 그리도 잘하는 사람이란 걸. 나는 거짓말을 좋아해요. 안 좋아했는데 이제는 아니에요. 거짓말과도 친해져보기로 한 거예요. 또 뭐가 있나요, 뭘 좋아해요? 세상 누구도 안 좋아할 법한 걸 좋아해요? 상관없어요, 그럼 나도 그럴래요. 당신이 좋아하는 걸 좋아할래요. 싫어했던 것도 좋아할래요. 이제는 그래.

밥 짓는 냄새

좋아한다는 말은 너무 흔하고 때로는 약한 것만 같아서, 그러니까 귀 뒤로 넘긴 그 머리카락 어디쯤 부딪혀 튕겨 나갈 것만 같아서, 몇몇 말과 글을 이렇게 저렇게 엮어보는 밤이다. 이런 밤이면 어딘가에서 자고 있을 그 닫힌 눈매나 멍하니 바라보고 싶다. 밤하늘의 색이 묽어질 때까지 그저 숨만 쉬며 구경하고 싶다. 그래, 밥 짓는 냄새로 그 잠을 깨우고 싶다고 말해볼까. 아침밥 짓는 냄새 맡게 해주고 싶다고. 좋아한다는 말은 너무 흔하고 약한 것만 같으니까. 괜히 나는 그러니까.

4월 2일

만우절이 지나가고 4월 2일이 됐습니다.

세상을 뒤덮었던 거짓말이 다 걷히고 있어요.

그리고 난 이 순간을 기다렸어요.

참다 참다 말합니다. 좋아합니다.

손잡고 싶어요. 뺨 만지고 싶어. 좋아해, 좋아해요.

익숙한 거리에서 길을 잃다

뻔질나게 드나들던 망원동이나 합정동에 가는 것도, 흔하디흔했던 광화문으로 향하는 일도 요즘에는 어쩐지 다르게 다가온다. 너와의 약속 장소 혹은 너와 함께인 것만으로도 다른 기분이 든단 말이다. 여행을 다니는 것처럼 낯설고 설레는 마음이라 말하면 네가 웃을까. 웃고 나서는 무슨 바보 같은 말을 하느냐고 나를 놀릴까. 그래도 좋겠다. 여행자는 자주 길을 잃는 법이다, 바보가 되는 법이다. 이런 여행이라면 나는 영영 헤매도 좋다.

미리 봄(春)

꽃 소식은 아직인데 나는 벌써 초조해진다.
열 밤만 자고 나면 꼭 소풍 가자고,
손가락 걸어 약속해주길 바라는 아이가 된다.
네게 꽃놀이 가자고 미리 조르고 싶다.

어쩔 수 없는 일

나는 종종 당신의 얼굴을 보면 어떤 표정을 지어야 할지 고민하게 된다. 참 웃기지. 표정은 속에서 그대로 우러나오는 건데. 어쩌면 나도 내 속을 모르기 때문에 오늘의 표정을 오늘의 옷차림처럼 고민하게 되는 걸까. 오늘도 그렇다. 오늘의 표정을 오늘의 옷차림처럼 고민한다. 더 근사한 옷이 없어 불행한 사람처럼 나는 표정에 대해 푸념하게 된다.

당신을 좋아하는 건 그렇게 어쩔 수 없는 일. 좋았던 스스로도 가끔은 미워지는 일.

여름의 핑계

여름을 정말 싫어한다. 하지만 여름이 오면 괜히 둘러댈 수 있는 핑계가 하나 생길 텐데, 그거 하난 좋을 거라 생각한다. 나는 그 얼굴을 마주 보고 대화를 나눌 때면 자주 쑥스러움을 느낀다. 얼굴에 피가 쏠려 난처해지고, 난처해져서 또 얼굴에 피가 쏠린다.

하지만 여름엔 괜찮을 것만 같다. 괜히 오늘따라 더운 것 같다고, 손부채질을 하며 둘러대면 그만일 테다. 그럼 내가 그대를 사랑하고 있다는 것과 그대가 내 눈에 어여삐 보인다는 걸 어느 정도는 숨길 수 있을 거다. 그저 두근두근, 심장으로 달리기를 하면서 그 얼굴선을 느긋하게 바라볼 수 있게 될 거다. 여름이라는 계절이 근사한 몇 안 되는 이유 중 하나가 될 거다.

너에게만큼은

막연한 위로나 응원을 싫어하지만, 너에게만큼은 예외로 하고 싶다. 너 울먹일 때, 울먹이는 게 안 보여도 속으론 울먹이는 것만 같을 때, 아무것도 아니라고 말해주고 싶다. 아무것이라면 그래도 별거 아니라고 말하고 싶다. 그때 나는 팔을 활짝 벌리고 있을 테다. 너 안겨서 울면 다행일 거고 아니라면 밤공기 참 차다고 몇 번쯤 휘적대면 그만일 테다.

오래 남는 말

그때그때 말할 용기를 좀처럼 내지 못하는 사람은 사랑한다고 사랑한다고 천천히 말한다, 아니, 적는다. 글은 가끔 그런 식으로 쓰인다. 사랑한다는 말은 그렇게 오래 남는다. 눈으로 듣는 것은 그 사람의 몫이겠지만.

유난

계절이 바뀌는 애매한 시기면
아침마다 죽을 끓여 애인에게 떠먹여주고 싶다.
감기 들지 말라며
그렇게 유난 떨고 싶다.

안녕, 헤이즐

어떠한 무한대보다 더 큰 무한대수가 존재하듯, 한 사람이 어떤 인생을 얼마나 위대하고 오래 산다 한들, 그보다 '크거나' '긴' 인생을 사는 사람들이 분명 또 존재할 것이다.

다만 한 인생이 타인에게 영원히 기억되거나, 아니면 망각되거나 하는 문제는 완전히 별개의 문제이다. 결핍되고 한정된 삶을 함께 살아가는 어느 연인을 본 적 있다. 그 모습은 여러 사람에게 얕게 기억되기보다는 서로의 유일한 사람에게 영원히 기억되고 또 기억해주는 게 세상 그 어떤 것보다 행복한 일이라는 걸 일깨워주었다. 막연하고도 세상에 없을 것만 같은 영원이랄지 무한이라는 건, 가끔 그런 식으로 존재하기도 한다.

나는 당신을 주관적으로 좋아하고 싶어요

좋은 하루를 상상한다.

사실 '좋은'이라는 표현은 너무도 주관적이다. 해가 쨍쨍하고 구름 한 점 없이 청명한 날에, 누군가 내게 '날씨 정말 좋죠?'라고 물었을 때, 내가 때때로 진심에서 우러나오는 공감을 하지 못하는 것도 그 이유에서이다. 나는 보통 비 오는 날을 더 좋아하니까.

안산시에 사는 나는 수원역 부근을 자주 들락날락하게 된다. 출퇴근이라든가 학교 일 때문이라든가. 바쁜 일이 있을 때면 그렇게 수원역을 지나친다. 그럴 때마다 걸음을 잠시 멈추고 아무 생각 없이 바라만 보게 되는 곳이 있다.

통유리가 돋보이는 일층의 어느 카페. 알파벳 대문자 간판에서는 균형감이 느껴지고 거추장스러움이 없는 실내, 벽에서 홀로 빛나는 네온이 매번 눈에 띈다. 길 위의 나는 정신없이 바쁘지만, 통유리 안의 그 장소는 정적 그 자체다. 차의 맛이라든지 직원들의 친절도 같은 것은 실제로 그곳을 한 번도 방문해본 적이 없기에 잘 모르지만, 그럼에도 나는 그곳에 마음을 빼앗기고 말았다.

　그 카페를 알게 된 이후로, 나는 나의 '좋은' 하루를 종종 상상하곤 한다. 비가 오거나 올 것만 같은, 바람까지 부는 그런 '좋은' 날씨에, 나는 수원에 있다. 수원의 나는 여느 때완 다르게 바쁘지 않다. 여유가 차고 넘친다. 그런 나는 천천히 그 카페로 걸어 들어가서 마실 것을 시킨다. 냉수라도 좋다. 메뉴는 상관없다. 그리고 나는 몇 시간이고 그 장소에서 여유롭게 시간을 보낸다. 천천히 흐르는 시간을 손끝에서 굴려보거나 하며, 순간과 공간을 즐긴다.

　누군가는 이렇듯 '나만의 좋은 하루'에 대해 차분히 설명하는 나를 비웃거나 비난할 수도 있다. 그런 화창하지도 않고, 신나거나 재미있는 사건이라곤 없는 하루가 왜 좋은 하루냐며. 그렇지만, 말했듯 '좋은'이라는 말은 지극히 주관적인 것이어서, 이에 대해, '좋은 하루'에 대해 가르치려 들거나 할 순 없을 거다.

　당신이 좋다는 것도 마찬가지다. 당신이 며칠 전 새로 산 운동화나 어떤 연예인을 닮았다는 당신의 얼굴에 대해 나를 뺀 모두가 예쁘다고, 좋다고 말할 수 있다. 그렇지만 나는 그런 걸 별로 좋아하고 싶지 않다. 미안하다.

다시 말한다. 좋음이라는 것은 주관적이다. 나는 당신을 주관적으로 좋아하고 싶다. 허락해준다면 당신의 추악한 부분까지도 좋아하고 싶다. 남에게 예쁘지 않은 부분을 나는 예쁘게 보고 싶다. 나는 당신을 그렇게 좋아하고 싶다.

마음대로

마음이 쌓이다 보면
그것들이 넘쳐,
하늘 높이 솟구칠 것 같은 날도 가끔은 있다.

두 시간 세 시간이 걸린다 해도
말없이 찾아가는 것을 싫어한다 해도
조금은 네 입장을 생각하지 않고
하루쯤은 내 마음 가는 대로,
그저 자유롭게 놔두고 싶기도 하다.

널 계속 안거나
넋 놓고 바라만 보거나
밤이 늦도록 손을 놓지 않거나
며칠 전부터 먹고 싶다고 노래 부르던 것들을 사러 가도록
내 마음을 내버려두고만 싶어지는 것이다.

내가 여기에 있어요

사람이 사람을 아끼고 아끼다 보면 속으로 고민은 점점 더 많아지는 법이다. 나는 가진 게 이만큼인데 얼마나 더 잘해줄 수 있을까, 뭘 사주고 먹여줘야 그 환한 웃음을 다시 볼 수 있을까. 그렇게 우리는 자신의 안팎을 가늠하고 때로는 자책하기도 한다.

하지만 우리는 때때로 사랑하는 사람의 행복보다 슬픔을 헤아려주어야 한다. 가끔은 '어떻게 하면 그 사람이 더 행복할지'보다는 '어떻게 하면 그 사람이 덜 슬퍼하고 덜 아파할지'를 먼저 헤아려보자는 말이다. 우리는 모두 1인분씩의 고통을 저마다 안고 산다. 마음 한가득 행복을 품은 사람은 없다. 장담할 수 있다.

사랑하는 사람만이 더 내밀하게 해줄 수 있는 일. 바로 상대방을 안아주는 일이리라. 바람이 모든 것을 넘어뜨릴 만큼 거세고 험악한 것들이 판을 치는 가운데, 내가 여기에 있어요, 하고 말해주는 일이다. 잠든 갓난아기를 바라봐주는 부모처럼. 추운 날의 목도리처럼. 비 오는 날의 우산처럼. 그저 있어줄 것. 자신이 여기에 있다고 말해줄 것. 그거면 된다. 그게 그 어떤 좋은 음식과 선물보다도 좋은 약이 된다.

만일 사랑하는 사람이 있다면, 지금 당장 "내가 여기에 있어요."라고 말해주자. 겉으로는 말끔하고 마냥 예쁜 얼굴일지라도 그 안에 어떤 케케묵은 아픔들이 있을지 모르는 일이다.

우리는 고작 그런 걸 원한다

어제는 사랑하는 사람들을 위한 글을 썼다. '내가' 사랑하는 사람들에 대한 글은 아니었다. 서로 사랑하는 이들을 위한 글이었다. 지금 사랑하는 사람이 있다면, 거창한 것을 해주는 것도 좋지만 그저 "내가 여기에 있다."라고 말해주는 게 필요하다는 내용의 글. 사소하고도 중요한 사랑의 방법이 바로 그거라고. 사랑하는 사람이 상대에게 정말로 원하는 건 어쩌면 그런 거라고.

하지만 외로운 사람들, 가령 나 같은 사람들이 원하는 건 그보다도 소소한 것들이다. 죽을 끓여주듯 길게 해주는 포옹과 깊은 키스, 그런 거 말고. 한마디 말, 툭툭 치듯 건네는 짧은 터치, 우리는 고작 그런 걸 원한다. 퇴근길이라면 그저 함께 걸으며, 각자의 고됐던 하루에 대해 털어놓고 위로하고, 때로는 내가 더 힘드니 네가 더 힘드니 티격태격할 사람이 필요하다는 말이다. 귀갓길 서로 가야 할 방향이 갈라지는 길목에서, 잘 가라고, 그리고 잘 때 잘 자라고 팔이나 한번 툭 쳐주는 게 또 너무도 절실하다는 말이다.

외로운 사람들은 털어놓을 것은 많은데 털어놓을 곳과 때가 마땅치 않은 사람들이다. 누구라도 "오늘 어땠어?" 하고 물어보면, 한숨을 쉬거나 쓴웃음을 지으며, 때로는 코를 훌쩍거리며 왈칵 이를 쏟아낼 사람들이다. 사랑하는 사람들끼리의 "내가 여기에 있어요." 따위는 바라지도 않는다. 나는, 우리는 물음이 필요하다. 기분이 어때? 기분이 좋아? 개 같아? 그런 물음들. 고작 그거면 된다. 그러다 문득 마음이 맞으면 한밤중의 식당에서 햄버거나 국수 따위를 나눠 먹으면 더 좋겠다. 술잔을 나눈다면 더, 더 좋겠다. 그거면 되겠다.

그런 건 하나도 중요하지 않아요

당신이 지금껏 누구를 만나왔는지, 그리고 그들에게 당신의 무엇을 주었는지가 뭐가 중요한가요. 나는 잘 모르겠습니다. 나는 동시에 여러 가지를 생각하는 데에는 영 소질이 없어서, 다만 당신의 곳곳을 살펴보는 것만으로도 벅참을 느끼는 겁니다. 오시는 길이 춥지는 않았나요, 긁히거나 곪은 곳은 없나요, 누구의 짓인지는 굳이 캐묻지 않겠습니다만, 혹 아직 울분이 가시지 않으셨다면, 나는 한 술 더 떠 그 사람을 지구 끝까지 쫓아가 나무랄 작정입니다.

그렇지만 당신은 또 바보같이 착하단 걸 나는 압니다. 작은 두 손으로 내 고개를 감싸 돌려 그 예쁜 눈만을 보게끔 할 것을 압니다. 그렇게 빛나는 시선과 웃음을 내게 주고 있는데, 당신이 지금껏 누구를 만나왔는지, 그리고 그들에게 당신의 무엇을 주었는지가, 정말이지 뭐가 중요한가요.

괜찮아

그런데 있잖아, 그거 진짜 괜찮을 거 같아. 사람이 화려하지 않으면 어때. 또 속으로 좀 끙끙 앓는 편이면 뭐 어때, 살다 보니 그렇게 만들어진 마음 모양새인걸. 느려도 돼. 조용해도 좋아. 나도 그래. 갓난아기일 땐 애한테 문제가 있는 게 아닐까 싶을 정도로 울지도 않고 조용했다더라. 또 있지, 너무 흐릿하고 자기주장이 없어서 교복 입고 다닐 때부터 별명이 애늙은이였다니까. 지금 옷장을 열어도 알록달록한 옷은 거의 없어. 그리고 난 이런 내가 오롯이 좋아. 솔직히 옛날엔 좀 별로였는데, 이제는 그래. 아무리 생각해도 와자지껄하고 이것저것 뽐내는 건 별로라서. 그러니까 바뀌려고 애쓰지 마. 느려도 돼, 조용해도 좋다니까. 많이 울적한 날엔 내가 안아줄게. 정 그게 낯부끄러우면 같이 산책이라도 하자. 우리 걸음걸이도 표정도 꽤 비슷할 거야.

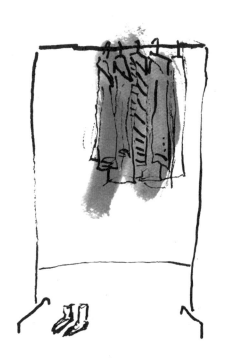

3

이별해서

위험한 마음

몇 년 전의 장면이 몇 년이 지났음에도 여전히 생생한 경우가 있다. 너무도 충격적이어서 도무지 잊기가 힘든 장면들.

스무 살, 나는 기숙사에서 대학 생활을 했다. 여느 대학의 기숙사 건물들이 다 그렇듯, 내가 다닌 대학의 기숙사 역시 남학생과 여학생의 기숙사 건물이 분리되어 있었다. 다만 식당 건물은 따로 마련되어 있어 남녀 학생 모두가 그곳에 모여 식사를 하는 구조였다.

내가 지내는 방은 3인실이었다. 룸메이트들과는 꽤 사이가 좋았기 때문에 혼자 밥을 먹는 경우는 거의 없었다. 그날 역시 셋이 저녁을 먹고 식당 건물에서 나오는 중이었다. 요란한 초록 불빛이 시야를 괴롭혔다. 앰뷸런스 불빛이었다. 기숙사 광장 한가운데에 구급차가 뒷문을 연 채로 멈춰 있었다. 그곳에 구급차가 서 있는 걸 보는 건 처음이었고 그건 다른 학생들 역시 마찬가지였기에, 광장에는 구름처럼 사람들이 몰리고 있었다. 누가 쓰러졌나 봐. 누군데? 모르지. 불이 난 거야? 모른다니까 그러네. 나는 그 인파 속에 섞여 룸메이트들과 그 구급차를 타게 될 당사자를 기다렸다. 얼마 지나지 않아 남자

기숙사 건물에서 바퀴 달린 침대 하나가 굴러 나오는 걸 볼 수 있었다.

의학 드라마나 영화에서 흔히 죽은 사람을 그리는 방법이 있다. 흰 천과 같은 덮을 것을 정수리 끝까지 올려 덮는 게 그것이다. 그러나 그날 본 죽은 사람은 달랐다. 실제로 사람이 죽은 광경을 본 건 이때가 처음이었다. 남자는 누워 있었다. 그리고 이불은 보통의 산 사람이 잠을 잘 때처럼 가슴께까지만 덮여 있었다. 하나 낯선 것은 뺨이 보라색으로 물든 것 같기도 했다는 점. 그가 죽었기 때문이 아니라 그때가 석양이 질 때쯤이라 그렇게 보였던 걸 수도 있겠다. 어쨌건 그가 죽은 것만은 분명해 보였다. 곳곳에서 놀라움과 두려움의 탄식이 들렸고, 그는 아주 조용히 구급차에 실려 그렇게 떠났다.

자살이라고 했다. 목을 매달아 죽음을 택했다고. 소문은 삽시간에 퍼졌다. 사건의 전말은 이랬다. 그는 같은 학교 여학생과 죽고 못 사는 연애를 했다. 그리고 여자 기숙사에 사는 그녀는 그에게 이별을 통보한다. 슬픔에 빠진 그는 결국 극단적인 선택을 해버린다.

들리는 소문으로는 죽은 그가 구급차에 실리는 걸 그녀가 목격했다고 했다. 여학생 기숙사 난간에 서서 말이다. 그러곤 그 자리에서 실신했다고. 소문이라는 건 영 믿을 만한 게 못되지만, 아무튼 사람이 죽었다는 데는 변함이 없었고 안타까움은 실재하고 있었다. 그 뒤로 죽은 그와 살아남은 그녀가 어떻게 됐는지에 대한 소문은 더 돌지 않았고, 그들은 학생들의 기억 속에서 서서히 잊혀갔다. 그렇게 몇 년이 흘렀다.

나는 당시 그가 참 바보 같다고 생각했다. 그저 사람 하나제 곁을 떠났을 뿐인데, 왜 자신의 삶을 버리느냐고. 세상에 사람은 많잖아, 근데 왜 죽기까지 하느냐고.

얼마 전 이별을 맞았다. 처음 아닌 이별이었다. 몇 번째의 이별인지도 확실히 가늠할 수 없는 흔한 이별이었다. 하지만 나는 그 사람을 보내고, 어째선지 몇 해 전 죽은 그를 떠올렸다. 어쩌면 이런 상태의 마음이 점점 커져서 그는 그와 같은 선택을 했던 게 아닐까 하고. 물론 그처럼 극단적인 결정을 하겠다는 게 아니다. 나는 나의 생을 사랑한다. 스스로 목숨을 끊을 생각은 추호도 없다. 다만 그 마음을 아주 조금은 이해할 수 있을 것 같다는 말이다.

만약 내가 많이 아프거나 잘못돼버렸다면? 과연 그 사람이 나를 걱정해줄까? 내가 가여워서 다시 돌아온다던가, 괜찮으냐며 연락이라도 한번 해주지 않을까? 그런 마음이었다.

참 지질한 마음이다. 위험한 마음이기도 했고.

다만 그렇게라도 그 사람에게서 동정을 사고 싶었던 거겠지. 굳이 예쁘게 포장해보자면 그렇다. 그래서 나는 그 사람과 한창 연애할 때도, 조그맣게 생채기만 나도 그 사람에게 쫄래쫄래 달려가 일렀었나 보다. 이거 좀 봐달라며. 이렇게나 다쳤으니까 호 해달라며.

안녕, 하고 웃으며 말했지만

넌 안녕이라는 말을 잘, 자주 쓰는 사람이었다.
그리고 난 안녕이라는 말을 겁내는 사람이었다.
안녕, 하고 혀 뒤로 한없이 넘어가는 발음을 뱉고 나면
꼭 그렇게 그 사람도 영영 뒤로 넘어가버릴 것만 같아서.

다시 네가 안녕, 웃으며 말했다.
내 눈시울이며 고개며 몸통이 꿀렁꿀렁 흔들리더니
네 뒤로 영영 넘어갔다.
나는 돌아올 수 없음을 직감하고
울며 억지로 걸어 나갔다.
우리는 서로를 서로의 뒤에 두었다.

사랑 빌런

지구와 인류는 오늘도 버텨냈다. 소행성과의 충돌이나 핵전쟁을 겪어 종말을 맞지 않았다는 말이다. 인류는 수천 년 전부터 종말을 두려워했다. 인류 평화는 좋고 종말은 무섭다. 그리고 나와 나의 연인은 때때로 종말론자가 되곤 했다. 악당이 됐다.

누구에게나 혼자 있고 싶거나 모든 걸 그만두고 싶은 순간이 있다. 보통은 희망찬 내일을 기다리지만, 때로는 내일이 오지 않았으면 싶을 정도로 비관적인 인간이 되는 순간도 있는 법이다. 오죽하면 '제발 오늘 지구가 터져버렸으면!' 같은 유행어가 생겨났을까.

사랑하는 사람들은 그러한 우울이나 못된 바람을 공유한다. 그건 우리 역시 그랬다. 아, 진짜 다 그만두고 싶어. 우리 둘이서만 어떤 섬 같은 곳에서 살 수는 없는 걸까? 세상이 망해버리고 우리만 남으면, 삶을 사는 게 조금은 평화로워질까? 그런 말들을 주고받으면서. 물론 그런 부정적인 대화를 한다고 해서 지구 멸망의 징조가 보인다거나 다른 무슨 일이 일어난 적은 없었다. 하지만 그러는 것만으로도 우리의 마음은 조금이나마 나아지곤 했다. 그래, 세상은 그대로니까 지는 셈 치고 살아줘야지. 쓴웃음을 지으며 살아갈 수 있었다.

'빌런'이라는 말이 있다. 영화나 드라마, 연극, 소설 등에 등장하는 나쁜 역할을 지칭하는 말이다. 그때의 우리는 사랑 빌런 정도였다고 해두면 될까. 우리는 극의 마지막에 웃을 수 있는 악당이었을까. 그러나 악당은 늘 결말에 가서는 죽거나 지는 법이다. 우리도 다를 바 없었다.

우리가 헤어진 진짜 이유

나는 단 음식에 정말 약하다. 어느 정도인가 하면, 언젠가 쓴 책에 "나는 단 걸 못 먹지만, 단 걸 먹는 널 보는 건 참 달아서 좋을 것 같다."라고 적기도 했을 정도다.

그 사람은 단 음식을 정말 좋아하는 사람이었다. 특히 초콜릿을 정말 좋아했는데, 이미 달콤한 핫초코를 마실 때도 "초코 시럽이 더 들어갔으면 좋겠다."라고 말할 정도였다.

음식 취향 하나 다를 뿐이니까, 사소한 거 하나 다를 뿐이니까 우리 사랑에는 아무런 문제가 없고 앞으로도 문제없을 거라고.

이제는 안다.

사소한 것부터 달랐기에 우리는 안 맞았던 거다.

그 별것도 아닌 입맛부터 달랐기 때문에.

겨울 언덕

이별하던 날에.

이별하는 날임에도.

그 사람은 언덕을 오르며 내 손을 잡아주었고

나는 도로 언덕을 내려가며 일곱 번은 돌아봤습니다.

그 사람은 다정하게도 내가 작아지는 것을 봐준 사람.

나는 마지막이라서 일곱 번은 뒤를 돌아본 사람.

우리는 그런 사람들이었습니다.

신발 선물에 관한 미신

남녀가 만나고 헤어지는 이야기를 밥 먹듯이 만들어내는 사람이지만, 그리고 그게 꽤 익숙한 사람이지만, 당사자로서 이별을 견뎌내기란 역시 참 쉽지 않았습니다.

신발을 선물했었습니다. 그러면 사랑이 떠나간다는 미신 따윈 믿지 않았으니까요. 그리고 지금 나는 그 신발이 그 사람을 좋은 곳으로만 안내해주길 빌고 있습니다. 이번에만 미신을 믿어보기로 합니다. 같은 신발을 사두었으니 아주 가끔은 멀리서나마 함께일 수도 있겠다고 생각하겠습니다.

많이 사랑합니다. 사랑할 수 있게 해주셨음에 무한한 감사와 키스를 보냅니다.

오사카에 같이 가지 않을래?

하필이면 왜 오사카였느냐 묻는다면 할 말은 많지 않다. 앞서 말한 적도 있듯 원체 여행과는 먼 인간이었기 때문이고, 그나마 내가 몇 번쯤 다녀온 여행지가 오사카였을 뿐이다. 누군가가 다른 누군가를 어딘가로 '데려간다'라는 건, 어느 정도의 책임감과 우쭐거림이 포함된 일이니까. 그러니까 내가 그 사람을 데리고 가줄 수 있는 세상이 그 정도뿐이었던 거다.

그 사람은 그럼에도 화들짝 놀라기까지 하며 좋아해주었다. 나, 일본은 처음이라며. 너무 기대된다며. 그 모습은 좀처럼 들뜨지 않았던 내 마음까지 들뜨게 만들었다. 나는 추억 속에서 아무렇게나 휙휙 지나가는 단편적인 것들을 앞뒤 없이 쏟아냈다. 어디는 뭐가 맛있어서 데려가고 싶고, 또 어디는 뭐가 마음에 들어서 너와 함께 가고 싶다는 설명 없이. 그저 뭐 뭐 뭐가 있다고. 나만 믿고 일단은 따라와 보라며. 그러나 결국 우리는 오사카행 비행기 표를 끊어보기도 전에 이별을 맞았다. 여러 사정과 마음의 감기들이 얽혀, 비행 편은 무기한 연착됐다.

우메다 스카이 빌딩의 야경은 우리가 함께할 수많은 야경들 중 하나로 삼고 싶었다. 오사카로 가기 전에 우선 남산 타워를 함께 오르기로 했었으니, 아마 원래대로라면 두 번째쯤의 야경이 되었겠다. 그 뒤로는 에펠탑과 부다페스트의 야경을 함께했을지도 모를 일이다. 난바역 부근에는 오래전 한국에서 넘어온 사람이 운영하는 유메도리라는 주점이 있다. 그곳에선 그곳의 전통대로 함께 술을 마시고, 사진을 찍고, 방명록을 남기고 싶었다. 이곳에 함께 왔었노라, 사랑하고 있다고. 몇 대째 이어오고 있는 나니와 오키나에서 소바를 먹고, 골목골목을 지나 메종 파리지앵에서 커피를 마시고 싶었다. 커피를 내리고 빵을 자르는 메종 파리지앵의 부부를 보여주며, 우리의 미래를 볼 수 있다면 아마 저것과 비슷할 거라고 말해주고 싶었다.

생일 같은 날 그곳에 사는 가족들이 자주 찾는 레스토랑 겐지에서, 다음에 왔을 땐 꼭 가족이라는 이름으로 함께였으면 좋겠다고 말해주고 싶었다.

앵무새를 키워요

집에서 앵무새를 키운다. 녀석은 주로 집안을 날아서 다니
지만 종종 바닥을 걸어 다니기도 하기 때문에, 우리 가족은
늘 바닥 쪽에 주의를 기울이고 있다.

길을 걸었다. 누군가 왜 바닥만 보고 걷느냐고 물었다. 나
는 어딘가에 앵무새가 있을지 모른다고 대답했다. 저희 집에
앵무새가 있거든요, 녀석은 사랑앵무(잉꼬)에요. 그렇게 실없는
말들을 덧붙이며. 언젠가 밟혀 죽은 사랑 때문이라고는 말 못
한 채. 정작 고개를 숙이고 걷는 진짜 이유는 숨기고서.

우리의 이별 여행

헤어진 애인과 남산 타워에 갔다.

헤어지긴 했지만, 사랑하는 마음이 조각으로나마 여전하니 애인이라 부를 수도 있겠다는 생각이다. 서울에서 태어나 서울에서 자랐지만 남산 타워라는 곳과는 좀처럼 연이 닿지 않았다. 언젠가 남산 타워에 꼭 한 번쯤은 가보고 싶다는 글을 썼던 것도 같다. 그러니 어쩌면 그곳에 간 것은 촌스러운 내게 이별 여행이라면 이별 여행이었겠다.

이미 헤어진 사람과 남산 타워 같은 곳을 가다니, 누군가는 이상하게 볼 수도 있겠지만, 정말 그랬다. 그 사람은 늘 이상하리만치 착한 사람이었다. 내가 그곳에 가고 싶어 했던 게 헤어지고 나서도 마음에 걸렸는지, 나와 기꺼이 동행해주었으니까.

우리는 그곳에서 많은 것을 봤다. 저쪽쯤이 대학로고, 저쪽이 종각이구나. 그리고 네가 사는 집은 아마도 저쪽일 테지. 몇 번의 농담과 감탄이 오가는 동안, 나는 몰래 그 사람의 뒷모습을 사진에 담아보기도 했다. 행복이었다.

새로 쓰는 책에는 당신에 관한 이런저런 글들을 듬뿍 담고 싶다, 솔직히 털어놓았고, 그 사람은 그러라 말해주었다. 술을 몇 잔 하고 싶었던 것 같은데, 마지막이라는 생각에 그만 과음해버린 것 같다. 온갖 추한 꼴을 다 보인 것 같아 지금도 얼굴이 화끈거린다. 미안한 마음이다. 하지만 그것 역시 내 아쉬움의 일부로 봐주었으면 좋겠다는 마음이다. 그러니 우리의 연이 영영 끊긴대도 나는 겸허히 받아들일 수밖에.

애인아, 다만 기억해줘라. 나는 늘 밤을 새우며 글을 쓰고 있고, 앞으로도 백날 밤을 새우며 당신을 쓰겠다는 걸, 당신을 그리고 있다는 걸.

기억해줘라, 기억해줘라, 기억해줘라.

차창

떠나는 열차의 창을 보며 뛰는 사람들을 나는 몇 번 본 적 있다. 그게 남자가 됐건 여자가 됐건, 그들은 열차 안의 연인을 바라보며 뛰는 사람들이었다. 손을 흔들고, 이상한 손동작으로 하트를 만들어 보이기도 하고, 입모양으로 대화를 주고받고, 사랑한다고, 가장 사랑스러운 미소를 계속 지어 보이는 이들이었다.

나와 그 사람은 서로를 열차에 태워 보낼 때도 발로 뛰지는 않았던 것 같다. 발로 뛰지 않고 다른 것으로만 뛰었던 것 같다. 벅차도록 달리는 마음이 있었던 것 같기도 하다. 하지만 어쩌면 거기까지일 뿐인 마음이라, 발로는 뛰지 않았기에 거기쯤, 그 뒤 어디쯤에서 그쳐버린 것일 수도 있겠다.

나는 사랑을 한 게 맞습니다

뮤지컬 〈모차르트〉의 대표곡 '황금별'의 노랫말에는 이런 부분이 있습니다.

"사랑이란 구속하지 않는 것. 사랑은 자유롭게 놓아주는 것. 때로는 아픔도 감수해야 해. 사랑은 눈물, 그것이 사랑."

이제는 당신을 구속하지 않습니다(어쩌면 구속할 수도 없게 되어버린 게 맞습니다). 당신을 자유롭게 놓아줍니다. 때로는 아픔도 감수하겠습니다. 그게 사랑이라네요, 어느 노래에서는 말입니다. 하지만 눈물겹네요.

그 말이 맞다면 나는 사랑을 한 게 맞습니다.

이제 그거면 충분합니다.

꽃 대신 비

벚꽃이 비도 아니면서 내린다.
이 좋은 걸 너와 한 번을 못 본 게 한이다.
사월에는 그렇게 꽃이 내린다.
너와 꽃이 내리는 걸 볼 일은 없을 것이다.

여름에 비라도 올 거라는 게,
내가 선물한 우산, 그거라도 네게 있다는 게 다행이다.

다음에

다음에 하면 될 거란 말이 잦았다.
다음에 거기 가자, 다음에 그거 먹자.
다음에, 다음에를 말하던 우리였는데,
마지막 날에 우린 그 '다음에'라는 말을 아꼈다.
다음은 없을 거란 걸 알고 있기 때문이었겠다.
각각의 다음 날들에는 미묘한 슬픔들만 있었다.

억지로 미워하기

내가 가장 예뻐했던 모습이나 면면들,
이를 억지로 미워해야 하는 일만큼 힘든 게 없다.
이별이 무엇보다도 힘든 이유다.

요즘은 돌을 차며 걷는다

길바닥에 있는 것들을 발로 차며 걷던 때가 있었다. 빈 캔이기도 했고 테니스공이기도 했으나 대개는 작은 돌이었다. 나는 축구선수가 드리블을 하듯, 그러나 축구선수보다는 훨씬 느리게 돌을 차며 걸었다. 문득 궁금해질 때도 있었다. 나, 왜 이걸 차며 걷고 있지? 하지만 그냥이었다. 그냥이라고 생각했다. 이 행동에 딱히 이유는 없는 거라고.

그런데 사랑을 했다. 나는 나도 모르는 새에 돌을 차며 걷는 법을 잊고 있었다. 그것도 어쩌다 알게 된 거다. 아 맞다, 한때는 돌을 차고 다니기도 했었지, 하면서.

사랑을 잃었다. 나는 나도 모르는 새에 다시 돌을 차며 걷는다. 이제야 내가 돌을 차며 걷는 이유를 조금이나마 알 것 같다. 돌을 차려면 돌을 봐야 하고 돌을 보려면 고개를 숙여야 한다. 고개를 푹 숙이고 걷다가 돌이 보이면, 마침 내 안에 화가 가득하거나 아무튼 좋지 못한 마음이 가득하면, 나는 화풀이를 하듯 그걸 툭툭 차며 걷는 거다. 요즘은 돌을 차며 걷는다. 자주 땅을 보며 걷는다.

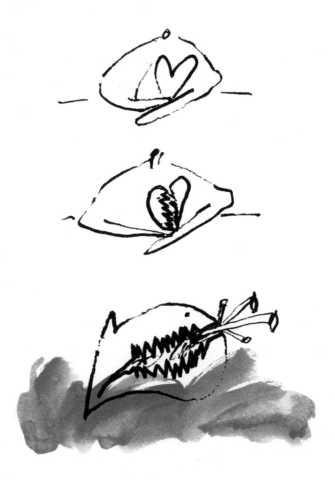

상어

　헤어짐이 정말 무서운 것은, 이별로 생긴 불신과 상처는 어떤 방법으로도 완벽히 사라지지 않기 때문이다. 이별을 겪은 연인들은 각자의 마음속에 포악한 상어를 키우게 된다. 상어는 각자가 지니게 된 불신과 상처의 현신現身이어서, 상대방의 급소나 말랑말랑한 부분을 잘 알고 있다. 그것은 잠자코 마음의 심해에 잠들어 있다가도 불쑥불쑥 떠올라 고개를 내민다. 그리고 이별하기 좋은 계절이 다시 왔다 싶을 때 상대방의 목덜미를 물어뜯는다. 그러면 다시 이별이다. 무서운 일이다.

그저 잊기만을 바랐는데

사람을 잊어가고 있다. 기억이 흐려져간다. 눈물이 나면서도 기쁜 일이다. 어릴 적에 아버지가 앓던 이를 빼줬던 때처럼, 아프지만 시원한 일이다. 단지 이제 새로운 이는 자라나지 않을 것이라는 게 서러울 뿐이다. 그저 잊기만 바랐는데 몸통 안에서 다른 뭔가도 함께 잃어가는 것 같다.

어두운 터널을 지나다

우리는 가끔 무슨 일이 있었건 아무 일도 아니라는 듯 쉽게 이를 넘겨버리기도 한다. 비둘기의 죽음을 보고도 바로 밥을 먹으러 가거나 사람을 잃은 뒤에도 이내 핸드폰을 보며 키득거릴 때도 있다. 놀라운 일이다. 때로는 부러운 일이다.

이번엔 운이 나빠서, 그 '무슨 일'이 내게도 일어나려나 보다. 그리고 이를 '아무것도 아니라는 듯 넘기는 일'은 내게는 불가능한가 보다. 어렵고 긴 시간이 나를 긁고 가려나 보다. 부탁한다. 너만은 이 시간, 아무것도 아니라는 듯 잘 넘겨주어라.

생떼

내 얼굴 보고 가.
마지막일 수도 있잖아
괜히 떼를 썼는데.
그래도 마지막은 아니었는데.
정말 마지막이 돼버린 날.

헤어짐의 의미

헤어짐이라는 말의 뜻을 헤아리려야 헤아릴 수 없을 때,
나는 그저 이렇게 적을 수밖에 없었다.

"우리는 각자 다른 곳으로 여행을 떠났다."

뒤로는 알 수 없는 마음들만이 글을 대신하고 있었다.

너 없이 그 길에 나 혼자

멀지만 가깝다고 여겨지는 곳도, 가깝지만 멀다고 여겨지는 곳도 있다.

나는 눈만 감아도 섬에 갈 수 있지만, 코앞 약수동에 가면 깜빡 죽어버릴 거다. 상상만으로 까무러친다. 함께 걸었던 길이 많고 멈춰 키스한 골목이 군데군데다. 나란히 배불리고 취하려 걸은 길이 고작 통근로가 됐고, 나는 오늘도 출근길에 식은땀을 흘리며 '여름이 오려나 보다.' 하고 거짓말을 했다. 가끔은 사람들의 얼굴로부터 헤어진 약수동 그 사람 얼굴을 보기도 하면서.

돌아오는 주엔 낮술을 마시고 충무로 어디쯤에서 냉면을 먹기로 했지만 그래도 약수동은 멀 것이다. 유월 한여름이라 사람을 잘못 보기도 하고.

오래도록 사는 삶을 상상해봤지만

심심할 땐 자주 동물을 소재로 글을 쓰곤 했다. 나는 몇 달 전의 어떤 하루에도, 오래 사는 동물들에 대해 찾아보고 글을 썼다.

내용은 대충 이랬다. 바다 조개는 220년을 살 수 있고, 거북이는 200년을 산다. 그리고 해삼은 사람 등에게 잡아먹히지 않는 한 영원히 사는 것도 가능하다고 한다. 고래도 만만치 않게 장수한다. 그런 것들, 오래 사는 바다 동물들에 대해 적은 글이었다.

앞으로 채 100년을 못 살 나에겐 썩 신기한 것들이었다. 그토록 오랜 시간을 산다면, 수많은 생명과 사물들을 접할 것이다. 심지어 바다 속에서! 무엇보다도 그 긴 시간 동안 실재한다는 것. 그 기분은 어떤 것인지 물론 해삼에게 기분이란 것이 있을지는 모르지만 늘 궁금했다. 조금 많이 부러웠다. 어쨌든 그런 호기심들이 그때의 내겐 있었다.

몇 달이 지난 오늘, 내가 써온 글들을 다시 읽어봤다. 그 글, 바다 동물들에 관한 글을 읽었다. 정말 내가 쓴 글인가 싶었다. 싫은 기분마저 들었다. 글에는 쓰는 사람의 기분이라든지 색감 같은 게 배어든다는 것을 알고 있었으나, 그때의 글과 그 글을 썼던 나의 색은 너무나도 부드러운 것만 같았다. 색으로 따지자면 하늘색 비슷한 느낌일 정도로. 마음속이 행복이랄지 사랑 비슷한 걸로 가득 채워진 사람이 쓴 글 같았다.

그에 비해 지금의 난 몇 달 만에 확연히 달라진 색깔로 점철되어 있다. 금연과 과음으로 인해 몰라보게 살이 붙었고, 자신감은 살아온 날들 중 가장 밑바닥을 찍고 말았다.

아픈 일도 있었다. 정말 사랑하는 장소가 한 곳 있었다. 어림잡아도 8년은 그곳을 사랑했다. 사람이 거의 다니지 않는, 건물로 치자면 약 3층 높이의 고가다리였다. 여름엔 벽면에 물이끼가 낀 대로, 겨울엔 오르막에 얼음이 언 대로, 심지어 기둥의 낙서도 낙서인 그대로 내게는 늘 아름다운 다리였다. 그 다리의 꼭대기에서 나는 항상 행복했다. 누군가와 사랑을 할 때면 그곳에서 입을 맞추었고, 사랑이 떠나간 후에도 그곳에서 맥주를 마시거나 하는 것을 즐겼다.

출근을 위해 탄 버스에는 유난히 습기가 가득했다. 평소에는 휴대전화를 만지작거리거나 고개를 숙인 채로 졸곤 하는 길이었으나, 그날은 유난히 분위기가 답답했다. 눈으로나마 바깥 공기를 훑고 싶어 창밖을 내다보고 있던 참이었다.

그리고 나는 보았다. 한창 진행 중이던 재개발로 인해 내가 사랑한 그 다리는 흙더미 속으로 무너져 있었다. '쿵!'이나 '두궁!' 같은 크고 드라마틱한 충격은 없었다. 다만 너무나도 아렸다. 5년 이상 연애를 함께한 사람은 없었지만, 만약 그런 사람과 갑작스런 이별을 해야만 한다면 그런 기분일 것 같았다. 우주처럼 커다란 상실감이 그날 하루를 삼켰다.

사실 나는 누군가에게 걱정 끼치는 것을 싫어한다. 가능하면 웬만한 것은 스스로 해결하려 한다. 심지어 쓰러질 만큼 몸이 아파도 집까지 기어이 걸어가서 쓰러진 적도 있었다.

그런 내가, 요즘엔 절실히 누군가에게 걱정을 끼치고만 싶다. 누군지 모를 당신이 내 고독을 알아주었으면 한다. 남들이 보기엔 흔한 고가 다리의 철거였을 수도 있는 나의 상실을, 당신은 이해해주었으면 한다. 알아주었으면 한다.

내겐 이제 남은 것이 몇 조각 없다. 이토록 망가져 있는 내게 100년 200년을 사는 고래가 되는 상상은 이제 너무 끔찍하다. 그 긴 시간 동안, 내가 사랑하는 장소 또는 무언가가 무너지고 무너질 것이다.

나는 이제 끊임없이 잃을 것만 같다.

4

그리웠다

마중

가끔은 당신이 날 영영 떠난 게 아니라
단순히 여행을 떠났을 뿐이라는 상상을 한다.
왕복 항공편을 끊고 떠난 여행일 뿐이라
언젠가 반드시 돌아오기는 할 거라고.
그리고 그 상상의 끝에는 늘
당신을 마중 나간 내가 있다.
공항에서 온갖 꽃이며 함께 즐겨 먹던 음식,
그리고 따뜻한 품을 스케치북처럼 들고
잘 돌아왔다고. 나도 잘 지냈다고.
그리고 잘 기다리고 있었다고.

1/11 11:11

    나는 1월 11일 밤 11시 11분에 애인에게 연락하기 위해 알람을 맞춰두기도 했었다. 언제 듣고 기억하고, 마음의 습관 같은 것으로 두게 된 건지 모를 미신 같은 게 있다. 사실 미신이랄 것도 아닌 사소한 거다. 같은 숫자라거나 연속되는 숫자로 된 시각에 시계를 보게 된다는 건, 누군가가 자신을 좋아하거나 사랑하거나, 보고 싶어 하는 거라고. 또한 그 시각에 사랑한다, 보고 싶다 말하거나 하다못해 그 시각의 숫자들을 메시지로 보내는 것만으로도 그 마음은 전해지는 것이라고. 나는 연애 시절에 그렇게 그 사람에게 몇 번이고 시간을 알려주거나 사랑한다고 괜히 말을 걸곤 했었다.

    나는 우리가 이미 갈라선 때에도, 그러니까 1월 11일 밤 11시 11분에도 그 사람에게 '1/11 11:11'이라고 메시지를 보낼까 마음먹기도 했다. 조금 우습지만 그 메시지를 보내기 위해 11시 9분쯤에 울리도록 알람을 설정해두기까지 했었다. 지금 생각해봐도 참 우습고 지질한 짓이었지만.

나는 이미 깨진 관계지만, 여전히 그 사람에게 보고 싶다고 말하고 싶었던 건지도 모르겠다. 유치해도 그런 짓밖에 할 수가 없었던 거겠지. 12월 34일 12시 34분, 3월 33일 3시 33분은 이 세상에 없는 시각이니, 그리고 11월 11일 11시 11분은 또 너무 멀어서, 희미하게나마 이어진 우리의 인연이 이미 끊긴 뒤일 수도 있어 그랬던 거겠지. 그렇게라도 전하고 싶었던 마음과 말이었던 거겠지.

그리워하고 싶지 않아요
(그렇지만 계속 그리워하고 싶어요)

　재앙이자 축복: 누구도 그리워하지 않는다는 것.

　그렇게 메모한 적이 있었다. 물론 그때의 내가 이와 같은 메모를 어떤 마음으로 적었는지를 정확히 기억해낼 순 없다. 원래 나는 술에 잔뜩 취했을 때면 이상한 메모를 하기도 하는 사람이니까. 그러나 계속 생각하게 된다. 하염없이 생각할 수밖에 없게 된다. 누구도 그리워하지 않게 된다는 것. 재앙이자 축복일까, 축복이자 재앙일까.

문을 열고 들어와주길

'이스턴 사이드킥'이라는 밴드를 좋아한다. 직역하자면 동방의 발차기 정도가 되려나. 웃긴 것은, 나는 그 밴드가 해체되고 나서야 그들을 좋아하기 시작했다는 거다.

지나가듯 우연히 그 밴드의 라이브 영상을 보게 됐는데, 아마 그때부터 나는 팬이 된 것 같다. 나중에야 알았지만 그 동영상은 밴드 해체 직전, 홍대 클럽에서 한 마지막 공연의 마지막 곡 영상이었다.

내가 그들에게 미친 듯 빠져들게 된 가장 큰 이유는 그 밴드가 이제 더는 활동하지 않는다는 점 때문도, 멤버들의 외모가 멋지기 때문도, 그 멋진 모습으로 이별을 노래하며 눈시울을 붉히고 있었기 때문도 아니었다. 다만 그 가사, 가사가.

늦은 오후를 파들파들 돌아다니다
느지막 골목길도 저물 쯤에야
엉성히 붙어 있는 부엌 아래서
또 기대하다가 기대하다가

누가 문을 여는 생각만 했었어
누가 문을 여는 생각만 했었어
누가 문을 여는 생각만 했었어

나도 그렇다. 여전히 누가 문을 여는 생각을 한다. 성수동 지하 찻집에서 커피를 내리며. 그리고 내가 좋아했던 그 목소리는 다른 밴드에서 다른 분위기로, 여전히 노래를 부르고 있다.

방향 사진을 찍는 이유

어릴 때는 방향이라는 걸 잘 모르고 지냈다. 어디가 동쪽이고 어디가 남쪽인지. 아주 가끔 모험가 놀이를 할 때만 싸구려 나침반을 갖고 다녔을 뿐이다.

아주 많은 세월이 흘렀고 나는 어느새 방향에 꽤 민감한 사람이 됐다. 전화로 누군가에게 길을 알려주는 일이 잦아졌으며 해가 어디에서 뜨고 어디로 지는지를 하염없이 보는 날이 많았다. 전화기 화면을 몇 번 톡톡 건드리면 내가 서 있는 곳에서의 방향을 손쉽게 알 수 있게 됐다.

나는 자주 네가 있을 법한 방향으로 서서(이를테면, 오늘은 강남 쪽에 볼 일이 있다고 말했으니까 이쪽 방향쯤에 있겠거니 하고) 그곳의 사진을 찍었다. 사진 안에 담기는 것들은 항상 달랐다. 거리를 오가는 사람들이 빽빽하게 찍히기도 했고 자동차가, 예쁜 한강이 찍히기도 했다. 너만 없고 다른 것들이 많이 찍혔다. 너만 없고 온통 다른 것들뿐이었으나 그 사진의 깊고 먼 곳에는 분명 네가 있겠거니 싶어서.

네가 떠나고 나서, 네가 어느 곳에 있는지 더 이상 알 수 없게 된 때에는 사방으로 돌아가며 사진을 찍어댔다. 지금 이곳에 서서 사방의 사진을 찍으면, 그 사람은 무조건 한 장의 사진 속에는 담길 것이다, 그렇게 생각했다.

오늘은 이른 아침부터 사방의 사진을 찍고 싶어져 산책을 했다. 마음에 드는 사진이 없었다. 아무것도 찍히지 않았다.

우리가 우리였을 때

우리가 우리였을 때, 그 사람은 교복에 붙어 있던 이름표를 떼어 내게 선물하기도 했다. 그때의 나는 이를 그저 연애시절의 소소한 주고받음 정도로만 생각했다. 그런 거 있잖은가. 신맛이 나는 사탕이나 가짜 상품권 같은 것들을 주고받는 일처럼 말이다. 또 장난처럼 주고받은 말과 마음도 많았다. 횡단보도의 신호가 설묘하게 착착 맞을 때면, 우리는 "널 위해 준비했어." 따위의 말을 실없이 주고받곤 했다. 옅게 우려낸 찻물처럼, 깊진 않지만 산뜻하고도 따뜻한 말들이었다.

이제 나는 안다. 그 사람이 내게 준 건 단순한 천 조각 따위가 아니었음을. 그 사람이 조금이라도 더 젊었을 때의 흔적을, 일종의 청춘을 준 것이었음을. 우리가 우리가 아니게 된지금도, 나는 그 부드러운 천 조각을 가끔 만져보곤 한다. 자수로 새겨진 글씨들을 손으로 읽을 때면, 점자를 읽으며 살아가는 이들의 마음을 조금이나마 헤아려보게 된다. 볼 수 없다. 네가 없다. 너는 앞으로 없겠다.

흐릿해진 것을 더듬는 고고학자의 손길, 나는 아직 그런 식으로 그 사람의 과거를 매만지고 있다. 오늘 집에 가서는 교복을 찾아봐야겠다. 이름표를 뜯어 어딘가로 날려 보내고 싶다. 밤바람이 매서웠으면 좋겠다. 어딘가의 네가 그걸 받을 수 있길 바란다.

칼국수

밀가루 음식을 좋아한다. 국물도 좋아한다. 그러므로 국수라는 건 내게 단순한 음식 그 이상의 가치로 다가온다. 오죽하면 주변 사람들이 '오휘면'이라는 별명을 붙여줬을까. 꼭 국수가 아니어도 국물과 밀가루가 함께라면 일단 달려들고 본다. 이를테면 만둣국 같은 것들이 그렇다.

그 사람은 내게 꼭 알려주고 싶은 칼국수 맛집이 있다고 했다. 정확한 위치와 상호까지 알려주며, 언젠간 꼭 데려가고 싶다고. 칼국수와 만둣국이 참 맛있다고. 하지만 우리는 '다음에, 다음에'를 입에 달고 사는 사람들이었고, 결국 영영 그곳에 함께 가지 못했다.

이별을 겪고 청승이란 청승은 다 떨던 시절, 나는 평소보다도 더 자주 홀로 떠돌았다. 우리가 함께하기로 했던 걸 혼자 했고 함께 가기로 했던 곳에 혼자 갔다. 칼국수 집도 그중 하나였다.

다소 웅크린 자세와 마음으로 가게 문을 열고 들어갔다.

이별 직후의 식사란 그런 법이다. 누군가 정성스럽게 만들어 준 밥을 반도 채 못 먹고 남겨야만 한다는 것, 속이 망가져 그럴 수밖에 없음에 미안해해야 한다는 것. 아주머니들은 내게 아무런 인사말이나 표정을 내비치지 않았고 나는 멋쩍게 만둣국을 달라고 말했다. 그 말엔 누구도 대답하지 않았다.

그 사람이 맛있다고 말한 이유를 알 수 있었다. 조금은 슴슴한 맛에 조미료를 넣지 않았음을 알 수 있었고, 제멋대로인 만두의 모양이 또 그렇게 귀엽게 보였다. 김치 맛은 말할 것도 없었다. 좀처럼 수저를 들지 못한 나날이었는데, 간만에 술술 넘길 수 있는 끼니였다. 그래, 내가 이런 음식을 참 좋아했었지. 국물의 힘, 밀가루의 힘.

정신없이 그릇을 비우고 있는데 문득 이마께가 따가웠다. 아닌 게 아니라 아주머니 세 분 중 한 분이 가게 이곳저곳을 돌아다니다 한 번, 테이블을 닦다가 한 번씩 나를 흘겨보고 계셨다. 처음엔 얼굴에 뭐가 묻었나 싶어 얼굴을 쓱쓱 문질렀다. 하지만 그 때문은 아닌 것 같았고 나는 곰곰이 그 이유를 추측해보기 시작했다. 나를 내가 아닌 누군가로 착각하고 있는 걸까? 돈 안 내고 도망갈 것 같은 인상이라? 그게 아니면 그냥 마음에 안 들게 생겨서?

조금은 웃긴 이유까지 들어가며 추측을 하는데, 끝에 가서 닿는 생각은 결국 그 사람 생각이었다. 그러니까 더 자세히 말해보자면 이런 거다. 아주머니에게 어떤 영적이거나 신비로운 눈이 있어서, 겉으로 보이는 것 이상의 것들을 꿰뚫어볼 수 있다는 그런.

자신들의 식당에 자주 오던 아가씨, 그 아가씨와 연인이'었던' 내가 홀로 와 밥을 먹는다. 그 모습이 딱하거나 한심해서 그렇게 나를 쳐다보는 게 아닐까. 거기까지 생각이 미치니 나는 다시금 미칠 것 같았다. 염치 불고하고 '혹시 제 사연을 아시나요?' 묻고 싶기까지 했다. 하지만 동시에 그분이 나와 그녀의 사연을 안다고 해서 도움을 주거나 달라지는 건 없을 거라는 생각이 들었다. 그저 내가 할 수 있는 건, 꾸역꾸역 그릇을 다 비우고, 먹은 것들을 정갈히 정리하고 음식 값을 치르는 일뿐이었다. 가게 문을 나서고는 어쩐지 뒤를 돌아볼 수 없었다.

우리 참 좋은 계절을 지냈죠, 그렇죠?

잘 가요.

– 네, 잘 있어요.

잠깐만요.

– 네?

우리 참 좋은 계절을 지냈죠?

맞죠?

그렇죠?

당신이라는 수저

　나는 드물게 마음이 좋아서 쓰고, 그보다는 아파서 더 자주 쓴다. 그리고 요즘은 아파서 글을 쓴다. 아픔으로 책을 쓰는 건 내게는 아주 익숙한 일이라, 이제는 아프다는 게 실제로 아픈 건지, 별로 아픈 게 아닌 건지 헷갈리기도 한다. 하여튼 요즘도 여느 때처럼 아프다. 요즘의 아픔은 너에게서 선물 받은 것이다. 네가 준 이 아픔은 책이 되고 또 돈이 되고 밥이 될 것이다. 그러니 결론적으로는 네가 내게 다정히 밥을 떠먹여주는 거라고 여길 수도 있겠다. 밥을 받아먹는다.

　먼 곳으로부터 오는 숟가락질이 참 따뜻하고 차갑다.

시계를 봤을 때 그 시간일 때, 문득 내 생각 날 거야.

우리는 늘 몇 시 몇 분쯤에,
11시 11분, 12시 34분쯤,
그러니까 숫자들이 가지런한 예쁜 때에
자주 서로 사랑한다고 그랬잖아,
내가 유독 그러기도 했지만 말이야.
이제 3시 33분의 새벽에 나는 혼자야.
너도 가끔은 그럴 거야. 앞으로 가끔,

문득 시계를 봤을 때 그 시간일 거야.

그때 문득 내 생각도 날 거야.

첫 비

오늘은 첫 비가 온 날입니다. 올해 들어 처음으로 비가 온 날이지요. 첫눈이 오는 날만큼 환영받는 날은 아니지만, 어쨌든 나는 이날을 의미 있는 날로 여기고만 싶습니다. 환영받지 못하고 사랑받지 못하는 것들을 나는 사랑하고 싶습니다. 꼭 나랑 닮은 것만 같으니까요. 자세히 들여다보고 사랑해야겠다고 마음먹어야만 사랑할 수 있는 존재인 것이 꼭 나와 닮았으니까요. 그래서 그대도 나를 사랑하지 못했던 거잖아요. 아마도요. 너무 흔하고 때때로는 음침해서.

그러니 나라도 첫눈만큼 첫 비를 사랑해줘야겠다고 마음먹어보는 겁니다. 나는 항상 그런 식이었습니다. 마이너한 감성으로 살곤 했습니다. 모든 죽어가는 것들을 사랑하고자 했던 시인의 마음이 이와 비슷했을까요. 아주 오랜 시간이 지나고 나면, 그대도 나를 옛 시인을 그리워하듯 그리워해주기도 할까요.

달 같은 사람이 되어줄래요?

달이니 별이니, 그런 것들에 대해 말하는 걸 사실 나는 안 좋아해. 뻔하잖아. 당신은 달처럼 예쁘다든가 별을 따다 주겠다든가 뭐 그런 거. 그다지 감동도 없을 것 같고.

근데 이건 오늘 알게 된 건데, 달은 매년 38밀리미터 씩 지구로부터 멀어지고 있대. 신기하지. 영원히 같은 간격으로 붙어 있는 두 천체인 줄 알았는데, 점점 멀어지고 있는 거였다니. 그리고 달이 지구에서 멀어질수록 우리가 '하루'라고 부르는 시간 개념은 점점 길어진다더라. 그래서 앞으로 2억 년 정도가 더 흐르면 하루는 25시간이 될 거라고 해.

있지, 참 흔한 표현이지만, 난 오늘 일을 하면서 '네가 달 같은 사람이라면 좋겠다.' 하고 생각했어. 지금까진 아니었어도 앞으로라도 달 같은 사람이 되어주면 좋겠다고.

넌 1년도 아니고 하루아침에, 38밀리미터 보다도 훨씬 더 멀리 가버렸잖아. 영영 같은 간격으로 붙어 있을 줄 알았는데, 그게 아니게 된 거잖아. 그래서 생각했어. 네가 달 같은 사람이라면 좋겠다고. 그래서 내게서 멀어지는 만큼, 내게 조금 더 여유로운 하루를 줬으면 좋겠다고.

일을 하면서도 한 시간에 일곱 번은 네 얼굴을 떠올렸어. 점심을 허겁지겁 먹으면서도 네 점심을 생각했어. 이런 쪽으로는 나랑 퍽 닮아서 혼자 밥 먹는 걸 좋아했잖아. 아주 가끔은 갖은 이유를 들어가며 미워하기도 했어. 추운 퇴근길엔 더 그랬어. 왠지 나보단 따뜻한 시간을 보내고 있을 것 같아서.

네가 더 멀어져서 내 하루가 조금 더 길어졌으면 좋겠어. 조금 더 여유롭고 느려져서, 내 마음도 느긋해졌으면 좋겠어. 네 생각을 바쁘도록 하지 않게 됐으면 좋겠다는 말이야. 그래서 잠도 잘 자고 잘 먹고, 또 자주 웃게 됐으면 좋겠어. 내가 지금보다 나아졌으면 좋겠어.

잘 알고 있어. 넌 그런 사람이 아니라는 걸, 또 될 수 없다는 걸. 달 같은 사람이라니, 말이 안 되잖아. 아마 우리가 하루만큼씩 더 멀어져도 당분간 내 하루는 길어지지 않을 거야. 변함없이 네 생각 많이 할 거야. 달이 유독 크게 떠서, 사람들이 호들갑을 떠는 날에도 넌 가까워지거나 내 앞에 나타나지 않을 거야. 잘 알아.

다만 바라는 거야. 내가 조금이라도 더 괜찮아지길. 네가 조금이라도 더 빛나길. 난 우리가 그렇게 각자의 방법대로 행복해졌으면 좋겠어. 과한 욕심일지도 모르겠지만, 2억 년 정도가 흘러서 우리가 각각 25시간의 하루를 갖게 되면, 가끔 한 시간 정도씩은 서로를 그리워하기도 했으면 좋겠어.

새 이불

나와 함께일 때 그 앞에 새로이 나타난 사람이
내가 감싸줄 수 없었던
당신의 아픔을 감싸줄 수도 있었겠다,
그렇게 생각할 수도 있게 됐습니다. 이제는 말입니다.
드러나는 다리나 팔이 없이 따뜻하게
나쁜 꿈에 걷어 차버리는 일이 없게
새 이불을 덮고 계속 가세요, 잘 자세요.
나는 이제는 너무 낡고 눅눅해진 이불.

눈 그리고 비

눈은 느리고 비는 찰나지.
눈은 보이고 비는 때로 안 보이지.
눈은 예쁨받고 비는 자주 미움받지.
너는 눈을 좋아했고 나는 비를 좋아했지.
그건 끝끝내 말하지 못했지.

어머니의 메시지

"비워야지. 비워야 새 인연이 채워지지. 헤어진 사람은 인연이 아닌 거야. 그리움이 지나치면 너도 병들고 그리움도 병들어. 툴툴 털고 일어나. 다독다독 스스로를 단단하게 만들어. 지나치면 가는 사람한테도 질척거리는 느낌만 주게 돼. 글도. 슬프다고 말하지 않아도 슬퍼지는 글, 그립다고 말하지 않아도 그리움에 젖어들게 하는 글, 사랑한다 말하지 않아도 사랑이 찾아드는 글, 그래서 읽고 싶어지는 글. 작가 이야기가 아닌 삶의 이야기가 되는 글을 쓰렴. 작가가 일기만 쓰면 안 되지. 일기는 일기장에 써. 일기 이상으로 승화시킬 수 있어야 글이 되지. 슬픔에서 어서 빠져나와. 개인적인 일과 공적인 일을 구분하게 되면서 어른이 되는 거야. 어른은 쉬운 이름이 아니야. 일 잘하고 와라."

그리고 나는 오늘도 어머니의 말씀을 듣지 않고 떠나간 사람의 이야기로 책을 쓰고 있다.

구제불능이다.

글을 대신합니다

하고 많은 마음을 추려봤자, 그리고 그걸 적어봤자 결국 전하고 싶은 말과 마음은 한줄기였습니다. 이제야 담백하게 그것만 말할 수 있게 됐습니다. 당신이 참 좋았습니다. 수억의 글자를 한마디 말로 대신합니다.

당신이 참 좋았습니다.

변한 것과 변하지 않은 것

다시 바다에 왔다. 이번에도 오이도.

같은 바다에 와서 같은 길을 걸었다. 바닷물은 지구에서 가장 거대한 물인 채로 여전했고 모객을 하는 횟집 아주머니들의 걸걸한 목소리 역시 여전했다.

변한 건 나 하나였다.

반 년 전의 나는 너를 몰랐고 반 년 후의 나는 너를 안다. 그거 하나만 변했다. 언젠간 너를 데리고 이곳에 다시 와보고 싶기도 하다. 저거 봐. 우리는 변해서 멀어졌지만 저렇게 큰 물이 변하지도 않고 그대로 있잖니. 그렇게 간지러운 말도 하면서.

거스러미

손톱 옆으로 거스러미가 생길 때가 있다. 살갗들은 보풀처럼, 작은 파도처럼 하얗게 일어난다. 그것들은 모르는 사이에 나아 없어지거나 다른 쪽 손가락들에 의해 뜯겨 사라진다. 그때의 나는 거스러미가 유난히 많던 네 손을 그저 안타깝게만 여겼다. 참 불편하겠다, 때로는 아프기도 하겠다며.

살아오면서 그 손 위로 수천 수억의 거스러미가 생기고 사라졌을 거다. 그것들은 네가 언젠가 잃어버렸던 우산처럼, 몰래 바닥에 버렸을 껌 종이처럼 찾을 수 없도록 먼 곳으로 갔을 거다.

나는 지금에서야 그것들을 애도하고 그리워한다. 네 거스러미들이 어디에 있는지를 안다면, 그들을 찾을 수 있다면, 주워서 꼭 껴안아보기라도 하고 싶은 마음이다.

메시지를 입력해주세요

있지, 성수동에는 눈이 와.

여기나 거기나 다 거기서 거기라

아마 그쪽에도 눈이 오고 있을 거라 생각해.

나는 그쪽의 날씨를 그렇게 뻔히 알지만

그래도 알고 싶어. 거기도 눈이 와?

알아도 알고 싶어. 그때처럼 눈이 와?

사실 꽃은 중요하지 않아

너 목련 보고 싶다고 했었잖아.
우리 동네에 목련이 폈어. 그냥 그렇다고.
그거 알아? 목련의 꽃말 말이야.

'당신 생각을 많이 했어요.'

하여튼 그렇대. 그냥 그거 알려주고 싶었어.
우리 동네엔 목련이 활짝 폈어.
네가 보고 싶어 했던 목련이.

흔한 우리의 이별 이야기

누구나 애틋한 마음으로 만남을 시작한다. 또 그러다 헤어지기도 한다. 그렇게 마음 둘 곳을 잃고는 너무나 지쳐 그 마음을 버려두고 쉬기도 한다. 나는 마음이라는 것이 온몸에 피처럼 흐르는 것인지, 머리에만 존재하는 것인지, 아니면 흔히들 말하는 것처럼 심장 언저리에 존재하는 것인지를 아직도 확실히는 모른다. 앞으로도 알 수 없을 것이다.

그렇지만 분명한 것은, 마음은 헤어짐이라는 과정을 통해 쪼개지기도 하고 닳기도 한다는 것이다. 갓난아기일 때부터 소중히 품어오던 그것은 시간과 함께 여러 일을 겪는 동안 깨지고 또 갈린다. 그 과정을 보고 누군가는 성숙이라고 하고 다른 누군가는 어른이 되어가는 단계일 뿐이라고 한다. 마음이 깨지는 순간은 언제나 욱신거리며 실제로 육신을 병들게 하기도 한다. 누구나 이런 순간을 겪었고 겪어간다.

당장 무작정 옷을 주워 입고 지하철을 타보라. 그런 다음 아무 역에서나 내려 사람들이 오가는 것을 바라보자. 그러다 보면 우리는 이별의 순간을 한두 번 정도는 목격하게 된다. 만남과 헤어짐이란 그런 식으로 너무 흔하다.

다시 한 번 말한다. 만남과 헤어짐이란 흔하다.

그리고 우리가 겪은 것 역시 그냥 사람과 사람이 만났다 헤어진 흔한 이야기다. 그렇지만, 아니면 그렇기 때문에, 너무 흔해서, 그렇게 자주 있는 일이어서, 별일도 아니어서, 어쩌면 손쉽게 되돌릴 수도 있지 않을까. 가끔 생각해보기도 했다.

맛집

나는 사람 많은 곳을 좋아하는 사람이 아니다.

소문난 식당은 대부분 사람 많은 곳에 있었다.

그런 식당들이 어디쯤 있는지 알아보던 날들도 있었다.

그런 날들도 있었다.

당신이 먼 곳에서 아플 때
나는 아픔과 가까워진다

먼 곳에 있는 사람이 아프면 나도 아프다.

아픈 사람이 있는 그곳이 멀어서, 나는 아픔과 가까워진다.

마침 그 사람이 가까이서 아프고 또 마침 내가 한의사였
다면 침을 놓고 약을 달이고 있었을까. 그러지 못해서 죽이라
도 끓이고 있으려나, 그것도 나름 괜찮으려나.

아무래도 쌀만 넣은 죽은 매력이 없어서 나는 채소 써는
연습을 한다. 고기 다질 생각을 한다. 나만 있고 아픈 사람은
먼 집에서. 그 사람 아프지 말기를, 혹 아프더라도 그땐 가까
이서 아프길 바라면서.

퇴근길

오늘 퇴근길에 눈을 마주친 사람이 정말 당신이었는지는 사실 잘 모르겠습니다. 실은 그게 착각에 불과하더라도 그때 제 마음의 눈으로 본 사람은 당신이었으니, 오늘 내가 본 사람은 내게만큼은 당신이었으니, 이렇게 메모 아닌 메모를 남깁니다.

반가웠습니다. 그리고 아마 앞으로는 다시 반가워할 날이 없겠지요. 그러니 딱 한 번만 더 말합니다. 반가웠습니다. 우리, 시선과 마음으로나마 악수한 걸로 치면 되겠습니다. 그러면 내가 오늘 밤 조금 덜 아프겠습니다.

이름 없는 카페

영혼의 쉼터로 여길 정도로 좋아하던 카페가 있다. 여섯 명 정도가 앉으면 꽉 차는, 좁지만 볕 잘 드는 가게. 나는 그 가게의 고요함과 소박함이 내 속살의 결과 비슷하다고 생각했다. 처음 영업을 길게 쉬게 됐다는 소식을 접했을 땐 추억 하나를 이대로 잃게 되는 건가 싶었다. 누군가와 이별하는 기분처럼 영영 끝인 것만 같아서.

다행히 가게는 며칠 전부터 영업을 다시 시작했다고 한다. 나는 다음 주에 여유로운 시간을 골라 여유로운 마음으로 가야겠다고 생각한다. 다음 주는 일정이 여유로우니까, 출력해 둔 원고 꾸러미를 들고서.

가끔은 사람 사이도 그랬으면 좋겠다. 영영 끝난 줄로만 알았는데, 그 사람 영영 떠난 줄만 알았는데 특별할 것도 없는 어느 날에 툭 돌아오기도 하는. 내가 아는 모습과 목소리로 다시 작게 웃어주는.

내 청춘의 주인공은 너였다

나는 이제 곧 서른이야. 아직도 키위를 썰다가 정확한 방법을 몰라 머뭇거리고 은행 일을 보다가도 식은땀을 흘리지만, 일단은 그래.

늘 이 말을 해주고 싶었어. 너는 이제 듣지 못하겠지만. 내 이십 대에 멋진 추억을 만들어줘서 고마워. 아마 나는 스물여덟이고 넌 스물셋이었던가. 이제는 하지 못하게 된 게 너무 많아졌지 뭐야. 귀여운 이모티콘이랄지 칭얼대는 말투 같은 것들 말이야. 하지만 그때, 난 네 덕분에 많이 어릴 수 있었고 여름일 수 있었어. 여름을 싫어하는 사람이었지만, 좋은 여름일 수 있었어. 여름의 사람일 수 있었어. 그러니까 내가 하고 싶은 말은. 고맙다고. 내 이십 대 청춘의 주인은 너였다고.

사실 아직도 네가 너무 밉기도 해. 낮엔 네 불행을 바라지만, 밤엔 너무했나 싶어서 행복까진 아니라도 평안을 바라고 있어. 하지만 넌 돌아올 수 없는 사람이고 난 네게 더는 젊을 수 없는 사람인 것도 잘 알아. 슬픈 사실이지. 자주 웃진 않지만, 아침마다 거울 앞에서만은 여전히 자주 웃곤 해. 기억나지? 매일 나는 너무 못생긴 것 같다고 칭얼댔잖아.

오늘은 어제보다도 주름이 깊어진 것 같았어. 시간이 이렇게 빨라. 그렇지만 이상하지. 아직 내가 철이 덜 든 건지, 난 가끔 우리가 행복했던 때의 꿈을 여전히 꾸곤 해. 꼬마 같겠지만 말이야. 우리는 거기서 다시 어렸어. 그 꿈이 깨고 나서도 나만은 어렸어. 영영 어리고만 싶었어. 하지만 아니겠지? 가끔은 그런 생각에 울기도 해.

요즘 너는 어때, 나는 이제 곧 서른이야. 너무 보고 싶어. 그게 그때의 너인지는 모르겠지만 말이야.

5

다시 사랑을 꿈꾼다

편한 사람

'넌 내가 편해 보이니? 마냥 편하니?'

'팔자 좋다(편해 보인다)?'

　언제부턴가 편하다는 말은 다소 불편한 상황에서 쓰이기 시작했습니다. 그러니 우리는 어쩌면 불편의 시대에 살고 있는 셈입니다. 그러나 아주 잠깐, 미세먼지의 나날 속에서도 하루쯤은 아주 맑고 깨끗한 날이 선물처럼 다가오기도 하듯, 누군가는 그 불편의 사이를 뚫고 나타나기도 합니다. 편안하다는 말이 가장 잘 어울리는 사람이 나타나기도 할 겁니다.

이거 주러 왔다고

화려한 것들과는 거리가 먼 사람에게, 시끄러운 음악과 반짝거리는 조명을 좋아하지 않는 사람, 고독한 얼굴로 걷지만 사실 고독을 누구보다 싫어하는 사람에게 다가가고 싶다. 그리고 손난로 같은 것 하나 건네주고 싶다. 그와 꼭 닮은 쓸쓸한 표정 보이면서, 이거 주러 왔다고. 이게 당신 사랑이라고.

꿈으로 맞닿은 연인

우리 이별이 갓 태어났을 때,
그때도 난 우리가 여전히 건강하게 사랑하는 꿈을 꿨다.
하지만 깨어났을 땐 웃기보단 울고 있던 날이 많았다.
우리는 꿈으로 맞닿아 있는 연인이라고 나를 위로했다.
몇 달이 흘렀고 이제야 이별하는 꿈을 꾼다.
이제 됐다. 나도 다 준비됐다.

다시 배고픔을 느끼기 시작했다

그 사람은 어떤 방식으로든 내 배를 불리는 사람이었다. 한창 사랑할 때는 사랑으로 나를 체하게끔 했다. 실제로도 배부를 만큼 식사를 함께한 날이 많았다. 몸과 마음이 넉넉했던 나날, 가을을 닮았던 나날들.

모든 걸 죽이는 겨울이 지나고 봄이 다가오고 있다. 내게 '우리'라는 말 역시 죽어버린 시간이었다. 그 사람이 떠나고 나서는 다른 것들로 내 배를 채우기 시작했다. 헛구역질 같은 것들, 목을 턱턱 막는 울음 같은 것들. 슬픔의 맛은 그리 좋지 않았지만 어쨌든 배가 불렀던 건 확실하다. 다른 걸 입에 넣는 일이 거의 없었으니까.

모든 게 소화된 지금, 나는 다시 배고픔을 느끼기 시작한다. 맛이 별로인 슬픔보단 좋은 걸 먹고 싶은 나날이 왔다. 오랜만에 다시 배고픔을 느끼게 됐다. 참 고마운 일이다.

이번에는

'이번에는'이라는 말에는 마법 같은 힘이 담겨 있다.

다 쓰러져가는 사람이 따뜻한 국물을 마시면 그래도 얼마간은 후후 웃을 수 있게 되는 것처럼. 몇 번이고 넘어진 어린이용 자전거가 다시 일어서는 것처럼. 도통 웃지 못하던 사람이 언젠가 누군가로부터 웃음이 참 예쁘다 칭찬을 듣게 되기도 하는 것처럼, 그래서 행복해지는 것처럼.

이번에는 사랑.

이번에는 진짜 사랑.

누운 꽃

온 힘을 다해 사랑을 안고 싶다.

만일 그래서 그이가 너무 아프거나 숨 막혀 한다면,

그 넘치는 몸과 마음을 주체 못해

파들파들 떨기라도 하고 싶다.

사랑 앞에서라면 만 번쯤 제 풀에 꺾여도 좋겠다.

누운 꽃이 되어도 좋겠다.

어떤 비와 어떤 우산

어떤 비는 우리에게만 내려.
우린 그걸 우울 또는 시련이라 부르지.
어쩌면 우산은 내게만 있을지도 몰라.
다른 사람은 그 비를 못 막아줄지도 몰라.

어떤 비는 한 사람에게만 내리지.
사람들은 그걸 우울 또는 시련이라 불러.
물론 그 특이한 비를 막아주는 특이한 우산도 있어.
어쩌면 그 특이한 우산, 내게 있는 건지도 몰라.
네가 필요로 하는 사람이 나일지도 몰라.
오직 나만이 네 비를 막아줄 수 있을 것 같다는 말이야.

집까지 같이 갈까,
오늘은 내가 우산 씌워주겠다는 말이야.

짝사랑의 기술

글을 쓰다 보면 종종 이런 질문을 받습니다. "만나는 사람도 없는데 어떻게 그렇게 사랑 가득한 글을 잘 써요?" 나는 그럴 때마다 대답하죠. "작가는 상상력이 풍부해야 해요. 겪어보지 않은 것을 겪어본 것처럼 써야 하고, 사랑하지 않더라도 사랑하는 마음은 항상 묘사할 줄 알아야 합니다."

물론 방금 한 말은 농담입니다. 저렇게 뺀질거리는 말을 할 수 있는 사람도 못 되고요. 사실 나는 아주 이상한 취미와 특기를 갖고 있거든요. 바로 '짝사랑'인데요, 지금껏 나만큼이나 짝사랑을 잘하는 사람을 못 봤습니다. 그만큼이나 누군가를 혼자 좋아하는 일을 잘 한다는 말입니다.

나는 한번 누군가를 좋아하기 시작하면, 짬이 날 때마다 그 사람과의 행복한 나날을 멋대로 꿈꿔보곤 합니다. 날이 좋으면 나란히 한강을 걷는 모습을 그립니다. 비가 오면 함께 비를 맞거나, 한 우산 안에서 어깨를 반쪽씩만 적시거나, 삼겹살을 구워 먹여주는 상상을 하기도 합니다. 그리고 나의 이 취미는 상상에서 그치지 않습니다. 초콜릿이나 젤리처럼 그 사람이 좋아할 만한 군것질거리를 지니고 다니기도 하는 겁니다. 나는 단 음식을 입에도 못 대는 사람이니, 오롯이 짝사랑을 위한 '준비물'이라고 말할 수도 있겠습니다. 어때요, 아무래도 이런 괴상한 취미 덕분에 사랑 글을 곧잘 써내는 게 아닐까요? 내가 이렇게나 짝사랑을 잘합니다.

물론 여기에도 룰은 있습니다. 바로 '짝사랑하는 걸 들키지 말 것'입니다. 쑥스러운 건 질색이거든요. 남들보다 얼굴이 빨리, 많이 빨개지기도 하고요. 더군다나 저렇게 혼자 북 치고 장구 치는 마음을 들키기라도 하는 날엔, 생각만 해도 끔찍하네요. 망신인 동시에 실례라고 생각합니다. 허락도 없이 로맨스를 꿈꾸다니요. 그러니 나는 이 룰을 철저히 지켜가며 짝사랑을 하는 편입니다. 이 정도는 돼야 특기라고 말할 수 있겠죠. 어쩌면 지금도 누군가를 짝사랑하고 있을 수도 있어요. 다만 그걸 안 들키고 있을 뿐이죠.

그런데 갑자기 실내가 조금 더워졌죠? 아니, 방금 눈이 마주쳐서 그런 건 아니고요. 아무튼, 짝사랑을 잘하고 상상 연애를 잘하는 게 내가 몇 편의 글을 쓰는 데 도움이 됐다고요. 이 말을 하려던 게 이렇게나 길어졌네요.

그냥 그렇다고요. 나, 짝사랑 잘해요. 들키지 않고 잘해요.

나의 하루하루

　앞으로 몇 번의 사랑이 몇 번이고 나를 무너뜨려도 나는 계속 그렇게 모든 걸 던져가며 사랑할 겁니다. 오늘도 새로운 사랑을 준비합니다.

뒤에서 부는 바람

혹시 우리가 극장에 처음 같이 간 날을 기억하나요? 아니면 해가 뜰 때까지 술을 마셨던 날은? 새삼스럽네요. 글쎄요, 되짚어보면 우린 해가 없는 시간에 더 자주 봤죠. 그렇지만 당신의 얼굴은 햇살이 찬란하게 빛날 때 보면 더 좋을 것 같은 얼굴이었어요. 지금도 그러실까요? 저는 몸에 살이 퍽 많이 붙었어요, 그때도 말씀드렸듯 금연에 성공한 것 같거든요.

저는 뒤에서 부는 바람을 좋아해요, 걸음이 편해지게끔 하는. 저는 당신에게 늘 뒤에서 불어주는 바람이고 싶었어요. 앞으로 잘 나아가라고 등을 밀어주는. 그렇지만 저는 또 늘 부족했잖아요, 그래서 아직도 배우기만 해요.

당신은 씩씩하고 빛이 넘쳐서 그런 것 없이도 잘 걸어가는 사람이라는 것도 이제야 배웠죠.

언제까지고 한자리에 뿌리내리는 나무이고 싶진 않아요. 걸어야지요. 저도 걸어갈래요. 많이 배웠어요. 새로운 사람 새로운 곳이 새롭지만 그리운 느낌이 들어요. 제가 온 마음을 다해 당신을 응원했던 것처럼, 조금은 저를 응원해주세요.

뒤에서 부는 바람이 되어 주세요.

운명보다 우연

우연히 당신을 만나고 싶다.

사람에게는 정해진 대로만, 익숙한 쪽으로만 움직이려는 경향이 있다. 우리는 '어느 정도' 확실한 계획을 만들어두고 그것을 믿고, 그것대로 행동하고 싶어 한다. 그렇지만 그 '어느 정도'라는 것은 달리 생각하면, '언제든 뒤집힐 수 있음'이다. 무한성을 지닌다.

예를 들어보자. 한번은 매일 같은 시간에 타던 차를 놓치는 날도 있을 것이다. 그로 인해 만원 버스를 타게 되고, 후덥지근한 공기 속에서 원치 않으나 불가피한 접촉들을 버티고 나와 겨우 하루를 시작할 수도 있을 거다. 하루 종일 되는 일이 없을 것 같은 예감이 들 수도 있겠다.

나는 퇴근길이면 어김없이 하늘이라든가 달이라든가 비행운 같은 예쁜 것들을 찍는 습관이 있어, 그날도 분명 걷다 멈춰 핸드폰의 카메라를 켤 것이다. 길의 앞과 뒤를 살피고, 사람이 없는 걸 확인하곤 몇 장이고 사진을 찍을 거다. 그러곤 찍은 것들을 보며 길을 걷다, 인도와 차도 사이의 경계를 밟아 걸음이 웃긴 모양으로 꼬여버릴 수도 있을 것이다.

그리고 도착한 집. 편한 옷으로 갈아입으면서 "오늘은 아침부터 되는 일이 없었다." 같은 말을 하고는, '이런 밤엔 한잔 해줘야지.' 생각하곤 편의점으로 술을 사러 갈 것이다. 그런 식으로 신경질을 내고 1층 어귀에서 분리수거까지 끝마치면, 나의 보통의 하루는 그렇게 마무리될 것이다.

당신은 이때 나타난다. 이때가 아니면 그때나 저때도 좋다. 평소보다 십 분 혹은 이십 분 정도 더 늦은 나의 출근길에, 하늘 사진을 찍으려는 나의 뒤쪽 어딘가에서. 웃긴 모양으로 발을 헛디디는 나를 몰래 보고 웃음을 터뜨려도 재밌겠다.

편의점 맥주 코너에서 다섯 걸음 정도 떨어진 도시락 코너에, 내가 사는 집 현관 앞에, 하루 종일 풀리는 일이 없던 나의 앞에, 엄청난 우연들을 뚫고 당신이라는 사건도 나타나주면 된다. 어쩌다 그 시간에 그 길을 걷고 있으면 된다. 운명이라든지 드라마라든지 그런 것에 대해 말하고 있는 게 아니다. 앞서 말한 모습들 말고도 전혀 다른 장소, 다른 시간, 다른 기분 속에서 수만 수억 가지의 우연들이 반짝반짝거리고 있다.

당신은 그 반짝임들을 뚫고 그렇게 내 앞에 나타나면 된다. 나도 열심히 그것들을 뚫고, 타려던 버스를 놓쳐가며, 당신에게 달려가고 있다. 우연하게도.

공감 능력

공감 능력이라는 게 있다. '나는 당신의 상황을 알고, 당신의 기분을 이해한다.'처럼, 다른 사람의 상황이나 기분을 같이 느낄 수 있는 능력을 말한다. 누군가는 공감 능력이 4차 산업혁명 시대의 핵심 키워드라 말하기도 하고, 다른 누군가는 남자친구가 너무 공감을 안 해줘요, 공감 능력이 있는 남자가 좋아요, 라며 고민을 털어놓기도 한다. 오늘날의 사람들은 공감 능력을 마치 매력의 한 종류로 여기는 것 같기도 하다. 하지만 과유불급이라는 말도 있다. 아무리 세상이 원하는 매력 요소가 있다고 하더라도 그게 과하면 좋지 않다는 말이다. 나는 작가다. 그리고 '필요 이상의 공감 능력'이라는 건 작가들에게 있어 일종의 직업병이다.

몇몇 영화를 좋아한다. 아니, 사랑한다. 영화뿐만이 아니라 몇몇 드라마나 책도 마찬가지다. 그것들이 한번 마음 깊숙이 들어와 박히면, 나는 그것들을 몇 주에 한 번, 몇 달에 한 번씩 약을 복용하듯 다시 즐기곤 한다. 하지만 완벽하게 마지막 장면까지 그것들을 켜두는 일은 흔치 않다. 소설에서의 위기 부분, 영화와 드라마에서 갈등이 시작되는 시퀀스에 도달하면, 나는 이를 덮거나 꺼버린다. 너무 고통스럽기 때문이다. 실제 인물들의 다큐멘터리도 아니고 고작 가상 인물들의 슬픔과 아픔일 뿐인(심지어 처음 보는 것도 아닌!) 장면에서, 나는 그 일을 내가 직접 겪는 듯이 아파하곤 한다. 〈뷰티 인사이드〉는 1시간 15분쯤까지, 그러니까 이수가 매일 바뀌는 우진의 모습에 혼란스러워하고 어지러워하기 전 부분까지만 보곤 한다. 그 이후로는 영 힘들다. 한번은 지금은 헤어진 옛 연인과의 술자리에서, 그녀의 가정사를 듣다가 눈물을 흘리기도 했다. 정작 본인은 웃으면서 얘기하고 있었는데 말이다. 과한 공감 능력이라는 건, 그런 식으로 일상의 곳곳에서 사람을 괴롭힌다. 일종의 직업병, 일종의 귀여운 저주.

하지만 다르게 생각해보면, 영화나 타인의 이야기 따위에 깊이 동화되고 함께 아파하곤 한다는 건, 좋은 음악과 음식, 사랑하는 사람의 웃음에 누구보다도 깊이 동화되고 함께 행복해할 수 있다는 말이다. 이 넘치는 공감 능력이 아직 그러한 밝은 쪽으로는 발현되지 않아서 사실 잘은 모르겠다. 어쨌든 그럴 수도 있겠다는 말이다.

공감 능력이 정말 능력이라면, 그 넘치는 능력, 내가 한번

써보겠다. 누구보다도 깊이 사랑하고, 행복해져보겠다. 혹여 영화나 소설의 장면 장면이 못 견디게 아프더라도 내 옆에 있는 사람의 손 한 번 꼭 잡으면 그만이겠다.

먼 곳의 그대야. 자랑처럼 미리 말해본다. 나는 당신의 상황을 알고, 당신의 기분을 이해할 수 있는 사람이다.

얼른 가서 안아줘야지

꽃과 달, 바람과 강과 바다, 나란한 노부부와 나른한 고양이, 미소 짓는 사람들과 공원. 요 며칠은 별별 것들이 보기에 좋았어. 발 닿는 곳마다 마음에 드는 것들만 있었어. 그리고 오늘 나는 얼른 네 쪽으로 가야겠다고 문득 마음먹었어. 가장 마음에 드는 사람이 또 거기 있을 거 아니야. 어느 방향인지는 아직 모르지만 말이야.

너는 어떤 입 모양으로 웃는 사람이야? 또 어떤 목소리로 우는 사람이야? 겨울에 있어? 고구마라도 사 가야 할까? 알고 싶어. 어떻든 마음에 들겠지만, 아무튼 알고 싶어. 아니면 일단은 안아줘야 할까? 다른 건 몰라도, 나 안아주는 건 참 잘하거든. 밥상 덮개와 이불의 역할이 그러하듯, 위로 한 겹 덮어주는 것만으로도 마음이 참 좋아지잖아. 그리고 너도 가끔은 그런 게 필요할 거 아냐. 네가 누군지는 아직 잘 모르지만 말이야.

밤마다 이불을 차버릴 만큼 답답함을 잘 느끼는 사람이거나, 그간 많이 울었거나, 조만간 펑펑 울 거라면 나를 그저 휴

지처럼 대해도 좋아. 뭐가 됐든 좋아. 뭐가 됐든 나는 너를 덮어줘야지. 얼른 가서 안아줘야지. 네가 또 말해달라고 하지 않아도, 이제 정말 괜찮다고 말해도 사랑한다고, 사랑한다고 계속 말해줘야지.

나의 온도

어제는 비가 요란스레 내렸습니다. 오늘도 내일도 비가 내릴 거라는데요. 이런 날이면 나는 나라는 사람이 지닌 온도에 대해 생각해보게 됩니다. 얼마 전에 겨우 알게 된 거지만, 내 온도는 비 오는 날의 그것과 닮은 것 같거든요. 화창한 날보단 차갑고 축축하기도 하지만, 또 너무 춥거나 덥지는 않게끔 하는, 어떤 안정감 같은 걸 지녔달까요.

누군가가 보기엔, 저 사람 참 차갑게 생겼다, 참 말 없게 생겼다, 그렇게 느낄 수도 있겠습니다. 또 실제로도 그렇습니다. 나는 강아지처럼 살가운 사람이 아닙니다. 뭐라도 더 줄 수 없을까 안달이 나 있거나, 힘이 되는 말을 몇 가지쯤 외우고 다니는 사람이 아니라는 말입니다. 하지만 내게는 너무 팔랑대게 되거나 또 반대로 너무 우울해지지 않도록 잡아주는 안정감이 있다고 생각합니다. 네, 비 오는 날의 온도처럼요. 나는 신이 난 친구가 팔짝팔짝 뛰며 앞서 걸으면, 작게 미소 지으며 천천히 뒤따르는 사람입니다. 또 평소완 다르게 눈물을 훌쩍인다면, 구태여 말을 걸지 않는 사람입니다. 그저 적당한 거리에서 해야 할 일을 하는 사람입니다. 왜 울어? 무슨 일인데 그래? 그마저도 묻지 않는 사람입니다. 슬픔이 잦아들 때까지 기다려주는 것, 고작 그게 나의 안정감입니다.

또 그런 거죠, 나는 실제로도 비 오는 날을 좋아하는데요, 하루쯤은 싫어하는 사람이 될 수도 있다는 겁니다. 비 오는 날을 너무도 싫어하는 어떤 사람, 어딘가의 당신 옆에 서고 싶습니다. 그러곤 '비가 다 오네요.'라고 말하며 혀를 몇 번 차보는 겁니다. 그게 내가 지닌 안정감입니다. 심심하고 느긋한 안정감. 도둑질하는 고양이를 보고도 모르는 척하는 시골 할머니처럼요. 딸을 기다리며 밥을 지어놓곤, 정작 딸 앞에선 자는 시늉을 하는 어느 아버지처럼요.

그래요, 이게 나의 온도입니다.

얼굴을 만져주고 싶어요

    나 어릴 적에 잠이 안 올 때, 그러니까 천둥 소리에 겁먹거나 어르신들의 박카스 같은 걸 훔쳐 마신 날 밤이면, 어머니는 내 귀를 만져주셨다. 엄지와 검지로 귓불을 문질러주시면 나는 나도 모르는 새에 잠들곤 했다. 교복을 입을 때쯤 학교나 학원에서는 친구들이 자주 내 뺨을 만졌다. 다른 친구들의 뺨보다 유난히 희고 말랑거린다는 이유에서였다. 나는 그만 좀 만지라며 싫은 소리를 내거나 체념한 듯, 하던 일을 계속했지만(물론 그 순간에도 친구들은 뺨을 만지고 있었다) 때로는 그들의 손길이 귀여워서 몰래 웃은 적도 많았다. 어쨌든 여러 사람이 내 얼굴 곳곳을 매만져주던 시간들은 내게 좋게 기억되고 있다. 나를 웃게끔 하거나 편히 잠들게끔 했다.

    오늘 밤엔 내 얼굴을 만져주던 그 손길들이 유독 그립다. 요즘 들어 옛날 생각을 자주 하게 돼서일까. 또 오늘 밤은 그렇다. 내가 누군가의 얼굴을 만져주고 싶기도 하다. 내가 느꼈던 그 소소한 행복감들을, 그 사람도 느끼게끔 해주고 싶어졌다는 말이다. 내 손은 크기만 무식하게 크고 시도 때도 없이 펜 따위를 꽉 잡아 굳은살투성이다. 아마 어머니나 친구들의 손길처럼 부드럽고 솔직한 매만짐을 줄 수는 없을 것이다. 하지만 엄청 맛있진 않아도 몸 안팎이 든든해지는 어떤 국처럼, 완벽하진 않더라도 소소한, 그래, 그저 '좋은' 순간을 선물해주고 싶다. 얼굴을 만져주고 싶다. 여기에 어떤 울음과 화가 있었는지, 혹시 험하게 손을 댄 사람은 없었는지, 구태여 묻지 않고 그저 쓰담쓰담 톡톡. 편히 잠들 수 있도록. 몰래 웃을 수 있도록.

사심

떡볶이 먹으러 가자고, 아니면 서점 구경 가자고 엉뚱하게 치근덕거리고 싶다. 받았을 때 부담스럽지 않을 만한 것들만 쟁여뒀다가 숨 쉬는 것처럼 아무렇지 않게 툭툭 건네고 싶다. 오늘 입은 옷 예쁘네요, 나도 집에 비슷한 거 있는데. 그리 말 하곤 집 가는 길에 부랴부랴 쇼핑몰도 둘러보고 말이지. 그러고 싶다. 좋아하는 사람이 생기면, 그렇게 아주 자주 사심 품고 싶다.

이름이 좋다

네 이름이 좋다. 사실은 당신이지만.
아직은 당신을 누구누구 씨로 부르지만.
이미 나만은 누구누구야로,
친근한 호칭 쪽으로 머리를 대고 누운 사람.

네 이름이 좋다.
우리는 수억의 공기들로 닿아 있는 연인.
나는 친근한 쪽으로 누워 누구야, 누구야
잠꼬대를 하는 사람.

외로운 사람의 손을 쥘 수 있다면

　빙글빙글 도는 장난감을 손에 쥔 아이, 펜을 돌리며 공부하는 학생, 베개를 조물조물하며 자는 누군가. 사람들은 손에 뭔가를 쥐려 한다. 만지려 하고 주무르려 한다. 정신과 전문의들은 말한다. 불안할 때 뭔가를 만지거나 조작하면 그 불안이 잠시나마 해소된다고.

　무심결에 내 손을 주무르는 사람이 있었다. 한 손에 책을 쥐고 글을 읽을 때, 음악을 듣거나 길을 걸을 때 그 사람은 자주 내 손을 주물렀다. 그때만큼은 다리를 떨지 않았고 입술을 물어뜯지 않았다. 나는 손을 빌려줌으로써 그 사람의 불안을 함께 감당할 수 있음에 자주 행복해했다. 그 사람은 내 손을 쥐었고 불안해하지 않았다. 내 살결은 간지러웠고 외롭지 않았다.

　요즘 내 손은 자주 뭔가를 쥐려 한다. 낮에 지우개를 반나절을 주물렀다. TV를 보며 머리맡 커튼을 한참 쓰다듬었다. 그리고 열 시가 넘어가고 있는 지금도 내 두 손 조금 덜 가려

워보자고 글자나 몇 개 적고 있는 거다. 그래, 요즘 나는 외로운 사람의 손을 쥐고 싶다.

나 조금 덜 불안하자고 주물럭거리고, 나 조금 더 평온하자고 조물조물하며 책이나 읽고 싶다. 또 그 손 많이 외롭지 말라고 그리 해주고 싶다. 간지러워서 좋아하라고, 우리 이제 좀 행복해지자고 그러고 싶다.

어쩌다 보니

이곳으로 와야지 하고 이곳으로 온 것과 걷다 보니 이곳으로 온 것은 다르다. 기계적 악수와 어쩔 수 없이 사랑하게 됨이 다르듯.

계획된 여행에서 보는 바다보단 어쩌다 보니 당도한 곳의 물웅덩이가 때론 더 찬란한 법이다.

어쩌다 보니 당신을 보았고 어쩌다 보니 당신이 반짝인다. 애초에 목적지 따윈 없었으니 나는 계속 걸어갈 수도 있다. 그대야, 앞으로 걸을 길이 많아서 나는 좋다.

시소

괜찮게 괜찮아질 거야.

아무렴 아물고말고.

우수수 떠는 웃음

살랑거리는 사랑

있기도 있을 거야.

시소 같은 거 아니겠니.

빨갛고 목마른 낮도 있었지만

또 이렇게 달이 뜨기도 하잖니.

폭풍 그 뒤

어제는 세상을 잡아먹을 듯 요란스러운 바람이 불었습니다. 어딘가의 창문은 깨지고 나무는 부러지기도 했다네요. 나는 그 단단한 것들도 부서져가는데 하물며 꽃은 무사할까 생각했습니다. 봄은 오늘로 다 끝났구나 하고요.

그런데 날이 밝고 보니 또 그런 것만은 아니었나 봅니다. 아파트 단지 안의 벚나무들이 희고 불긋하게 그대로입니다. 아직 남은 꽃이 제법 많습니다.

그러니 우리도 늦은 게 아닐 수도 있을 겁니다.

나를 웃게 해줄 사람에게

언젠가 TV를 통해 본 장면이 수년째 지워지지 않고 있습니다. 어느 외국인이 출연하는 예능 프로그램이었고 그 외국인 남자는 도시를 오가는 내내 무표정 일색이었습니다. 나는 어쩐지 그에게서 나를 봤습니다. 왜 그렇잖아요. 집집마다 가풍이라는 집안 분위기 같은 것이 있어서 그 집의 사람을 만들고, 어느 타국에도 국풍이라는 게 있어서, 그 나라 사람들이 지니게 되는 얼굴이랄지 무뚝뚝함 같은 것이 있는 거 아니겠어요. 나는 여러 과거와 사람으로 인해 만들어진 무표정을 지니게 됐고, 그 때문인지 그 외국인이 참 나 같았던 겁니다. 과거풍, 사람풍의 영향을 받았다고 말할 수 있는 걸까요.

하지만 그 얼굴이 지워지지 않음은 그 때문이 아니었습니다. 그 뒤의 장면 때문이었죠.

남자는 놀이공원에 갔고 빙글빙글 돌며 높고 낮게 오르내리는 놀이기구를 탔습니다. 먼 곳에서 폭죽이 터졌는지 레이저 조명을 쏘았는지, 빨간색 보라색 불빛이 남자의 얼굴을 물들이고 있었습니다. 그때 그 남자는 분명히 활짝 웃고 있었습니다. 불빛으로 빨갛게 물들여진 채로, 자신도 알지 못할 미소를 짓고 있었습니다. 행복이라는 것을 앙 물고 있는 게 아닐까 싶을 정도였지요. 나는 알 수 있었습니다. '저 남자는 자신이 저렇게 웃을 수 있다는 걸 줄곧 몰랐을 거고, 저 장면이 촬영될 때도 알지 못했을 거야.' 그렇게 말이에요. 너무 확신에 찬 것 같기도 하지만, 어쨌든 알 것 같았습니다. 내가 그랬기 때문입니다.

나는 내가 나로 만들어져서 마치 바게트처럼 퍼석퍼석하고 밋밋하기만 하다고 생각했습니다. 하지만 내 곁에 크림인 사람, 과일 잼이었던 사람, 달콤하고 부드러운 사람이 있어줬기에 내 일상은 맛있어질 수 있었던 거라고. 나는 내가 그렇게 크고 깊게 웃을 수 있다는 걸 처음 알고는 소스라칠 수밖에 없었습니다.

나는 여전히 바게트 같은 얼굴로 걷고 빵처럼 길쭉하게 누워서 자는 사람입니다. 거기 밖에 있는 사람, 올리브 절임이십니까, 크림치즈이십니까. 아니면 나를 발그레 웃게끔 할 딸기 잼이신가요. 나는 미래에 당신풍, 당신의 분위기를 품고 싶은 사람이고 우리는 맛있는 연인이 될 수 있는 둘입니다. 얼마나 맛있으려고 그러는지, 나는 벌써 조금 웃어버렸는걸요. 아니면 정말 함께 놀이공원에 가보는 것도 좋겠습니다. 이렇게 나는 이 밤에도 온갖 상상들로 크게 웃을 준비를 합니다. 세상에 없을 해맑은 미소를 짓고 스스로도 깜짝 놀라버릴 겁니다. 당신 옆에서 그럴 겁니다.

나는 아직 너와 헤어지는 법을 모른다

2019년 2월 1일 초판 1쇄 | 2020년 12월 24일 5쇄 발행

지은이 오휘명 **그림** 김혜리
펴낸이 김상현, 최세현 **경영고문** 박시형

마케팅 양근모, 권금숙, 양봉호, 임지윤, 조히라, 유미정, 전성택
디지털콘텐츠 김명래 **경영지원** 김현우, 문경국
해외기획 우정민, 배혜림 **국내기획** 박현조
펴낸곳 (주)쌤앤파커스 **출판신고** 2006년 9월 25일 제406-2006-000210호
주소 서울시 마포구 월드컵북로 396 누리꿈스퀘어 비즈니스타워 18층
전화 02-6712-9800 **팩스** 02-6712-9810 **이메일** info@smpk.kr

ⓒ 오휘명 (저작권자와 맺은 특약에 따라 검인을 생략합니다)
ISBN 978-89-6570-763-9 (03810)

쌤앤파커스(Sam&Parkers)는 독자 여러분의 책에 관한 아이디어와 원고 투고를 설레는 마음으로 기다리고 있습니다. 책으로 엮기를 원하는 아이디어가 있으신 분은 이메일 book@smpk.kr로 간단한 개요와 취지, 연락처 등을 보내주세요. 머뭇거리지 말고 문을 두드리세요. 길이 열립니다.